中国年度优秀散文诗
2019卷

杨志学 冯明德 郝子奇 主编

新华出版社

图书在版编目（CIP）数据

中国年度优秀散文诗. 2019卷 / 杨志学, 冯明德, 郝子奇主编. -- 北京：新华出版社, 2020.4
ISBN 978-7-5166-5093-6

Ⅰ. ①中… Ⅱ. ①杨… ②冯… ③郝… Ⅲ. ①散文诗－诗集－中国－当代 Ⅳ. ①I227.6

中国版本图书馆CIP数据核字(2020)第051989号

中国年度优秀散文诗. 2019卷

主　　编：杨志学　冯明德　郝子奇	
责任编辑：李　成	封面设计：李尘工作室

出版发行：新华出版社
地　　址：北京石景山区京原路8号　　邮　　编：100040
网　　址：http://www.xinhuapub.com
经　　销：新华书店、新华出版社天猫旗舰店、京东旗舰店及各大网店
购书热线：010－63077122　　中国新闻书店购书热线：010－63072012
照　　排：臻美书装
印　　刷：北京明恒达印务有限公司
成品尺寸：150mm×230mm　1/16
印　　张：20　　　　　　　　字　　数：315千字
版　　次：2020年4月第一版　　印　　次：2020年4月第一次印刷
书　　号：ISBN 978-7-5166-5093-6
定　　价：50.00元

版权专有，侵权必究。如有质量问题，请与出版社联系调换：010-63077124

目 录 | CONTENTS

第一辑　气象与姿态

忧郁的树（外二章）……………………………… 耿林莽 / 2
深　山（外三章）………………………………… 王尔碑 / 5
晚归图（外一章）………………………………… 邹岳汉 / 7
云朵上的思索（外二章）………………………… 刘　虔 / 10
贺兰山照出我的前身（外一章）………………… 王幅明 / 12
悬崖上的树（外二章）…………………………… 谢克强 / 14
花瓣与草叶（三章）……………………………… 陈志泽 / 17
红衣男子在石桅岩下翘首盼望（外一章）……… 徐成淼 / 19
鸟　鸣（外一章）………………………………… 韩嘉川 / 21
速写西欧（五章）………………………………… 皇　泯 / 23
黎明的心（五章）………………………………… 老　凤 / 26
瑶寨风情（三章）………………………………… 唐德亮 / 29
压在天空下的手记（三章）……………………… 李松璋 / 32
在磐安（二章）…………………………………… 李　皓 / 34

守夜人的更鼓（五章）	崔国发	/ 36
走进沙滩（二章）	喻子涵	/ 38
从乡村到城市（二章）	林登豪	/ 40
三个人夜走皖南（外一章）	方文竹	/ 42
春的短章（四章）	阮文生	/ 44
我要策马而奔（外一章）	黄恩鹏	/ 47

第二辑　行走的风景

高原之声（节选）	姚　辉	/ 50
天南地北（五章）	亚　楠	/ 53
西樵山（外一章）	香　奴	/ 56
西顶写意（节选）	毅　剑	/ 59
格尔木（外一章）	宋长玥	/ 61
七日，或次仁罗布（节选）	成　路	/ 63
马山风景石（外一章）	栾承舟	/ 66
对一粒高粱的追怀（外一章）	干海兵	/ 68
新疆行吟（五章）	王芬霞	/ 70
迎　迓（外一章）	支　禄	/ 73
田横祭海（外一章）	张晓林	/ 75
古夜郎国，大写的诗篇	宋晓杰	/ 77
长城（外一章）	刘向民	/ 79
拜谒千年酸枣树（外一章）	鲁本胜	/ 81
壶口：黄河秘语	高　伟	/ 82
石塘林记	包玉平	/ 85
玛曲行吟	牧　风	/ 87
晋　祠	李　需	/ 89

黄　鸟	白　麟	/ 90
海草房	王忠友	/ 92
南洲之夜	湖南锈才	/ 93
大容山见闻（外一章）	庞　白	/ 94
西梅朵塘	杜　娟	/ 95
鱼一样游着	郭长玉	/ 96
丹江口水库情思	草馨儿	/ 97
生命的喀斯特（二章）	牛依河	/ 98
长沙旧事（外二章）	张　元	/ 100
消失的船队	张　毅	/ 102
夜郎辞	陈　俊	/ 103

第三辑　城市灯火

窗前记	语　伞	/ 106
悲情城市（三章）	郝子奇	/ 110
窗前（外一章）	王　琪	/ 113
日　落（外一章）	陈劲松	/ 115
乐　队	爱　松	/ 116
冬天的紫雾（外一章）	冷　雪	/ 118
灵魂暗香	刘慧娟	/ 119
兽形记	鲜　圣	/ 121
沿着心情的波澜（外一章）	姚　园	/ 122
流　逝（节选）	霜扣儿	/ 124
大野有灵	范恪劼	/ 127
洞市老街	李克强	/ 128
有理想的鱼（节选）	陆晓旭	/ 130

雨溅飞花（节选）	雪 漪 / 132
钱铃双刀舞（外一章）	倪俊宇 / 134
玄白之思（节选）	王崇党 / 136
平顶山（外一章）	徐 庶 / 139
星辰出窍	鲁 橹 / 140
在博物馆	王德宝 / 141
滑州西湖，挽下朵朵祥云	徐慧根 / 142
在宽窄巷子穿行	陈平军 / 144
落 叶	宋清芳 / 145
有故事的人（二章）	徐 源 / 146
光芒的旅程	野 老 / 148
铜 镜	曲全胜 / 150

第四辑 乡村节奏

雪里红（二章）	郭 辉 / 152
在白族同胞家里喝茶	许文舟 / 154
桑多镇的男人们（节选）	扎西才让 / 155
自来水，接上了锅台（外一章）	潘志远 / 157
满头月光的母亲（五章）	陈修平 / 159
炊烟深处，麦浪金黄	洪 雁 / 162
在高原（外一章）	封期任 / 164
渐渐被遗忘的月光	杨启刚 / 166
在春天与一朵花相识	冉茂福 / 168
芝麻开花	余金鑫 / 169
山歌调：采花节	阿 垅 / 170
故乡，我甜蜜而忧伤地永远爱你（节选）	仲 彦 / 171

在黄昏里…………………………………… 剑　戈 / 173

远行的彼岸…………………………………… 赵广梅 / 174

老家的老屋…………………………………… 向天笑 / 175

井是故乡的眼睛……………………………… 李茂鸣 / 176

草　垛（外一章）…………………………… 鲁绪刚 / 177

读父亲的空…………………………………… 弦　河 / 179

种在心底的故乡（二章）…………………… 刘贵高 / 180

我不能说出春天结籽的忧伤………………… 温　青 / 181

村庄水稻，或致敬祖国的茂密……………… 张　平 / 183

说说这些涟漪（外一章）…………………… 司　舜 / 185

最后的夜晚…………………………………… 张　静 / 187

村头那条路…………………………………… 孙　勇 / 188

送鸟鸣（三章）……………………………… 董喜阳 / 190

浏阳文庙……………………………………… 苏启平 / 192

鸟鸣，在月光下集合………………………… 湮雨朦朦 / 193

乡愁，在一杯梅山红里升腾………………… 山　珍 / 194

第五辑　岁月的馈赠

宅之男（五章）……………………………… 刘　川 / 198

山　盟（外一章）…………………………… 曾　瀑 / 200

上空，亮日（外一章）……………………… 李俊功 / 201

被认出的（外一章）………………………… 陈茂慧 / 202

心　界（外一章）…………………………… 王猛仁 / 204

在李府门前（外一章）……………………… 武　稚 / 206

定根水………………………………………… 鸽　子 / 207

诗境中的寒鸦图（五章）…………………… 心　亦 / 209

述"异"记（二章）	李　成	211
烛光的回忆（外二章）	徐春芳	214
途经的水（外一章）	清　水	216
蔡文姬	马仕安	218
像树一样站直	白炳安	220
去年夏天的花	小　睫	221
飞鸟与鱼	张　筱	222
退潮时分	程绿叶	224
阳光打在金子上	徐澄泉	225
去年夏天的花（外一章）	陈波来	226
一些细小的事物	曼　畅	227
兄弟一样的向日葵放歌大漠	王信国	228
蜻蜓谣（节选）	任俊国	229
把深藏不露的心事说与骆驼	李　萍	231
二里头	韩　冰	233
春　兰（外一章）	邱春兰	234
自然边缘	应文浩	235
尘与土	杨建虎	236
往北飞行的诗句转往南飞	叶枫林	237
线装的大地	龙小龙	238
椰子树下的大海和人	唐鸿南	239
更深的雨夜	堆　雪	240
大海是我最亲的亲人	乐　冰	241
照片上的母亲	罗国雄	243
江水辞	杨　东	244
在陕北高原	东方惠	245

第六章 新的起跑线

梦境地（三章） ……………………………… 程 鹏 / 248
宁陵散页（二章） …………………………… 马东旭 / 251
七月在野 ……………………………………… 雨倾城 / 253
楼 梯 ………………………………………… 蓝格子 / 254
海，像只蓝葡萄晃了一下 …………………… 卢 静 / 255
另一种语境 …………………………………… 侯立权 / 258
背水女与村庄（三章） ……………………… 诺布朗杰 / 260
玉米契（外一章） …………………………… 冰 彬 / 262
雪地柳 ………………………………………… 敬 笃 / 263
拯 救 ………………………………………… 庞 娟 / 264
山巅听风 ……………………………………… 南鸿子 / 265
空茫之境 ……………………………………… 风 荷 / 266
贺兰山下：石嘴山的几个意象或关键词 …… 康湘民 / 267
横溪，人间的美叠加一卷澄明灵秀的江南盛景 …… 赵洪亮 / 270
爬 山 ………………………………………… 缪立士 / 272
蒲公英（外一章） …………………………… 王宏雷 / 273
骨头里的钟声（二章） ……………………… 潘云贵 / 274
塔尔寺 ………………………………………… 杨剑文 / 276
沿着历史的遗迹追寻 ………………………… 东方惠 / 277
吴承恩故居 …………………………………… 吉小吉 / 278
河西走廊（节选） …………………………… 司 念 / 279
沐浴秋阳的庄稼 ……………………………… 张 雷 / 282
魔法笔记（节选） …………………………… 游 金 / 283
诗意盎然在波涛汹涌间 ……………………… 雨 霖 / 285
梦乡里的羊群 ………………………………… 荆卓然 / 287

星空下的海……………………………………… 棠 棣 / 288
熙春山，你历史耳熟能详…………………… 张 威 / 289
祁连山的回响………………………………… 扎西尼玛 / 290
低头弯腰的人………………………………… 荒原狼 / 291
仲夏雨夜过艺术馆…………………………… 杨云天 / 293
寻梦必克……………………………………… 李朝阳 / 295
古寨的定义…………………………………… 黄 鹏 / 296
石头里的老虎………………………………… 田凌云 / 297
阵痛日………………………………………… 希 文 / 298
反复回荡的照片……………………………… 须 弥 / 299
土豆之命……………………………………… 宇 剑 / 300
一棵行走山林的树（外一章）……………… 朱旭东 / 301
黄河的舞蹈…………………………………… 张玉泉 / 303
大暑，我窥见命运的暗门…………………… 商 野 / 304

第一辑
气象与姿态

忧郁的树（外二章）
——怀念李耕

耿林莽

忧郁树，背负着墨绿的叶子，如一头浓发披覆。

背负！你的一生都在背负。

年青时下过煤窑，当过挑夫，你在扬子江边，闯荡过一个又一个码头。

然后你又擎起了笔，忧患从你笔下流成诗篇，一如沉钟，一如铁索。

你告诉我夜夜的失眠，躺在床上，把灯熄灭，听窗子外面冷雨飘摇，点点滴滴，诉不完人世间的苦难和冤屈。

思虑太多，悲愤太多，失落感太多，责任感太多。

你因而贫血，消瘦。你的神经由于过度绷紧而痛苦地痉挛，如血奔涌的诗篇却源源不断地喷出。

"忧郁树！"我说，"你的叶子是一些思想。"

而你说："不！"

不是忧郁树，而是火之帆。

火，在树的根须中隐藏。

火，在每一片叶子上燃烧。

而今，忧郁树已然倒下，火之帆依然在诗海中漂流，将温暖留给了人间。

梦游人手记

一

把所有的灯都熄去之后，街，便黑了下来。

那些蛇，一下子都不见了。

那些蛇，霓虹灯的蛇，眉眼镶在每一方窗口，弧形光带的波浪在起伏。

一个女人在撒娇，一千个女人在撒娇。唇的碎裂，眼的飘摇，胭脂花粉轻狂地跳跃。停电：现代都市的骄子，脱下了眼花缭乱的锦衣，世界便恢复了原始的暗。

停电：一个绵延已久的梦，骤然中断。

从梦惊醒，睁开眼，伸手不见五指，满世界一片漆黑。

像梦游人，深一脚浅一脚地

我，走了出去。

二

梦游人，走向一条河。

月光透过茂密的树枝，在漂移，

草木幽深，泥土阴湿。虫的旋律，分外精神地在黑暗中折叠，舒展。

河呢？河在哪里？

河如古井，冷却了暗流。

历史的铸剑藏在何处？我看见，水面上有薄薄的雾漂浮。

青铜的光辉，白银的光辉，交相辉映，幻影迷离。

停电：我沉醉于世界这原始的真。

是月光，而不是挤眉弄眼的霓虹，才是真实的蛇，在波浪与波浪之间，光辉地缠绕，回旋，并使之迷离。

三

梦游人，走向一棵树：无花果树。

伸手去摸，手指张开的叶子，我摸不着。藏在叶深处的那一枚果子，隐秘为谜。

停电：当世界回到了太初的古，我想起伊甸园的亚当，在叶后面藏着，他摘下墨绿色厚重的叶子，遮住了原始的羞，遮住。

裸身于天国的第一位美男子,还在那树后面藏着么?
看不见,我看不见。
我开始呼唤他的名字,
但是,他所在的世界,距离我太远。
于是,我继续向前走去。
在伸手不见五指的深夜,寻找
人间的伊甸园。

无雪的夜晚

阴暗的苍穹,是酝雪的黄昏,浑浑噩噩的雾充塞都市的街头,烟囱之树繁殖着烟,
雪在远山之外,在寥廓的旷野,飞旋,
我在这里,已感到它彻骨的寒。
这样的夜晚,你是不会来了,
看不见你的海蓝色眸子,和那一汪澄澈的湖,
摇晃我的灵魂之舟的
海蓝色的湖呵。
如同处子皮肤的雪,是缥缈无边洁白的诗笺。
(凡是洁白的东西,都有些寒)
巨人的树,狂放地伸开粗野的枝条,
舞乱了黄昏的饥渴。
古墙缩在一角,显得矮小,
而雪,还是没来。
寒冷与暖,都来得这样艰难,
唯孤独伴我,四季同眠。

(选自《新时代散文诗》2019年创刊号)

深 山（外三章）

王尔碑

深山有鸟呼唤你的名字，绝代柔情，声声凄厉。

不能回答。不能回答。为自由而流浪的鸟儿，猎人在搜捕你的声音。

你走了，落下一片悲怆的羽毛。

远方，迷人的极地，多雾的极地。

西岭雪山忽然垂下头颅。

天风呼号着你最后的呼号："永别了！深山！永别了，流泪的森林！"

生命忽如一颗幼小的晨星，闪烁着童年最初的光影。

幻 象

大海站起来了，背负喧哗的波浪，躬身走近那座山岳。

天空，打开了一百扇窗子。

不曾相约的会晤。

山岳寂寞，脸上长满青苔，它忽然笑了一下，也不知哪一个世纪的笑容。

山和海握手，亿万年激动的瞬间。它们将说些什么呢？

语言老人，衣衫破烂，腹肉空空，面对两座灵魂宫殿，哑然失声。

群 山

高高的骏马，站在天上。水蓝的天空，可是它的草原？

马头，淡墨色的，淡墨色的A字形山峰，固执地在做梦。

马鞍,纯银做的。积雪,赠与纯银的期待。

一株树的叶子红了。

一个脸儿红扑扑的少年,携着一串铃铛来了。

他跨上马背……

于是,沉睡了亿万年的白宝石红宝石,爆发一声哗笑,纷纷飞出梦境。

牧 童

那天,母亲又在冲我发脾气:"滚开!你不是我生的,你是岩腔里崩出来的……"

我哭了。

跑到山上去找岩洞,找生我的妈妈。

没有找着。桂花树上,坐着一个牧童。——溜圆的笛声,出峡的泉水,撵走了我的悲伤。最后,他送我一个花环。

(选自《大沽河》2019 年第 3 期)

晚归图（外一章）

邹岳汉

对岸山顶突然着火！

红焰飙升，亮彻纯净的蓝空里，被谁的一只黑手随意涂抹一笔焦糊糊的木炭？

而纵火者已亡命天涯。

那人迹罕至的野岭上，被供奉了无数个世纪的一尊锈蚀的青铜鼎，正被残酷的夕晖一点点地灼烤，销熔。

火，源于火。毁于火。传统、庄重的例行仪式，向火的崇拜者们昭示：楚国某位失去都城的王者后裔或是旧臣，曾经仓惶逃避至此，而后悲怆地殒落。

羽影焚烧。黑絮翻飞。

夜色。这条扭曲着行进的巨蟒就此趁虚而入，贪婪地，吞噬满江鳞片漂浮、闪烁不定的波涛，沙沙沙地奔蹿至远方水天间渐趋模糊的疆界。

青山。碧水。

轻舟。白帆……

一个个浮动、明亮的词语，都被这攻城略地、长驱直入的暮色，随手写进它军旅日记中的一行短句。

而半空中，那些崇尚自由的鹭洁白轻灵的翅羽，一律被渐凉渐沉的晚风暮色，锤炼成一颗紧咬一颗、列阵冲刺的铅弹，以殉道者一去不还的气概，迅疾而惶然地掠过即将要全盘陷落的江面。

夜的逃离者，纷纷寻找着夜的窠巢。

于是，我身旁一株蟠干虬枝的千年古松上，遂栖落许多跃动、呱噪的精灵，有如一树争相开口说话的果实。

然而，它们不甘就此安歇。

朴楞楞，飞起。环绕巨伞般撑开、葱繁茂密的树冠，低低地结队盘飞。

落下。又飞起……

一群情绪激昂、秩序混乱的抗议者！

叽叽喳喳。争辩，质疑：一天时光，果真就这么过去了么？

接受既成的现实，总是这么地艰难。

渐渐地，在夜硕大而温软的窠巢里，唯闻喋喋唼唼、啾啾不已的涛声了。

谁，浪吮夜之丰乳？

所有，夜的逃亡者。

西　行

必须走向荒原。

必须去追寻太阳沉落的地方。

恶豺瘦狗般焦躁黏人的热风，疯狂撕扯着，我的裤腿，衣襟；散漫无羁的牛羊群落，衔着悠悠牧歌的飞鸟，纷纷失落在——扑面而来，荒凉无际的空旷里。

没有孤烟升起的地平线，独个儿摊开它瘦削而执着的长臂，天平般掂量着垂暮时光的淡泊，与宁静。

偶尔，漂掠而过、古老城廓荒废的遗址，俨然是一部被风沙之手胡乱翻阅、宣讲颓唐与死亡的原始教义。

一棵高大，潦倒，不甘心就此枯死的胡杨，疯子般披散一头乱发，朝向瓦蓝亮透的天空，伸出它干瘪且贪婪的手掌，异想天开，想要摘取熟透欲坠、贴身而过的那枚金红柿。

必须走向荒原。必须去追寻太阳沉落的地方。

马失前蹄的夕阳，临近坠崖而逝的瞬间，抛出几缕亮得晃眼的金线，套马杆般牢牢拴住我疲惫、沉重的影子，且一再地拉长……拉成一条迫使我回归到过去的老路；而它却趁机把它自己那条投向天涯、愈加沉重的影子，锚碇终年积雪、人迹罕至的祁连山北麓，图谋有朝一日,东山再起。

　　必须走向荒原。必须一意孤行。

　　跨过荒原是绿洲。跨过西方是东方。

　　我将与太阳同行。

　　　　　　　　　　　(选自《大沽河》2019年第1期)

云朵上的思索（外二章）

刘　虔

你的云朵，我的思索，为什么总是在天上飘泊？

落不下的雨，收不住的风，已然疲惫得失去了仅有的一点血色。那是你的云朵，走进我的思索。一年一年，每时每刻，那些带着泥土祈祷的种子，却总是飘泊，飘泊在天上，难显大地青青夙愿的结局。

你的云朵。我的思索。时间一经开始，就已被飘泊之手恣意挥洒，点绛唇上，一箭封喉……

风中掠过啼血的杜鹃
——题一组影照

你以神的眸光，荡出十里春风。风中掠过啼血的杜鹃，一个啼血的春天。那停驻万物钟情的光影和更多林中飞红的美艳，因有雨的呼吸，还原了大地的祝祷，重新点燃蔚蓝色的恬静。

那是刻进花朵的春声，时间写在笑脸上的箴言：青春永驻。春天永驻。生命的欢乐永驻。

滑过云端叩访长天的雨啊，轻歌曼舞低语着。要打开所有危崖上播种的花信，那些千年待放的命运。把世上最明亮的光之影，都托付与掠过风中啼血的杜鹃。我们别无奢求，也不想松手。已然的拥有与珍爱，都在这春风十里的季节温暖人间……

春天走过了你
——为一个美丽的生命致哀

轻拂无声。风，落地成谜。而你在春天里，也像谜一样走了。

走过一世的伤痛和繁华。双手握紧的日子瞬刻如散漫的烟篆。把留恋的目光熄灭在最后的黄昏那座缱绻百年的生命的家园。

你在春天里没有告别就这样走了，走了。一如悄无声息的从前，抱住十个明月的蹒跚从春天里来过。而今，因了一片落叶的凋零，荒芜又要浸透一颗石子的心。向死而生的人啊，我无奈的沉思或许是无望的？无望如火中的甘霖，更胜路边巷口初放的玫瑰。

春天走过的你，走完了一生的命运：前一晌还开着，后一晌竟被这骤然的荒芜吞蚀，落地为安，沉静于永远的沉静……

（选自《大沽河》2019年第3期）

贺兰山照出我的前身（外一章）

王幅明

走着，走着，一束强光照亮了我。

贺兰山，蒙古语中的骏马。在我的眼中，它是有着体温的铁壁铜墙。

几乎看不到任何植被。一揽无余的坦荡。骨胳似的不同颜色的岩石，像在炼狱里浸泡过。

大山阻挡沙漠东侵和寒流南袭，用强健的身躯庇护着这里的一切生灵。草原与荒漠有了分界。

残缺的古长城与烽火台，废弃的军营，书写着血与火的故事。

雄鹰在山顶飞过，紧盯着一切来犯者。雄鹰疲倦了，摔倒在山下，最终成为化石。

耀眼的格桑花，高声诵读写给英雄的颂词。

这座山，照出我的前身。今天，它又重新塑造我，为我的灵魂输氧。

一个忘年的老者，在迈向山巅的道路上，健步如飞。

一座大山暗恋着一条大河

亿万斯年的不倦张望。西边的一座山，与东方的一条河。

总是平行着，相互欣赏，相互张望。

大河仰望大山的自强不息。大山敬佩大河的厚德载物。

因而有了秦渠、汉渠，有了大面积的自流灌溉区，有了众多的湖泊、湿地；有了鱼米之乡和"塞上江南"的美誉。

不倦的张望终于感动了上苍。它让大山弯曲，与大河相会。

神迹出现：在它们相交之处，山石突出如嘴。大山再也不用暗恋了，它可以放纵亲吻这条温柔的大河。

跨越时空的山水大爱，成就了石嘴山这座美丽的城市。

(选自《散文诗》青年版2019年第12期)

悬崖上的树（外二章）

谢克强

真不知你是怎样战胜枯萎和死亡的？

前面是深谷，后面是削壁，你孤立无援地立在悬崖上，立在尘土都不能到达的高度上，成一种风景。

树的梦，是抖动的绿叶。我看见，你语言的绿叶浴着幽谷升起的流岚挂满枝条，在阳光下，与远来落在枝头的山鹰不知诉说着什么？

我不知道哲学家怎样审示你根扎岩石不屈不挠的意志，我也不知道摄影家怎样仰望你头顶苍穹气宇轩昂的气概，但无论站在什么角度，当我惊叹地欣赏你葱郁苍劲的风姿，我不能不惊叹、不能不折服、不能不为之心驰神往……

也许，命运既然注定你在悬崖，你就不准备向命运屈服。当你生长的渴望，令虬曲的根须以狂草的气度坚定不移地扎进失血的贫瘠，纵然狂风暴雨无情地撕裂，酷日寒霜放肆地折磨，来不及抖落岁月的惆怅与忧伤，你依然笑临深渊、傲视长空，默默地守望着，守望寂寞、站成孤独，

然后，在不断升华的精神里开拓生命的深度树起生命的标志。

仅仅是一种风景么？不啊，你孤立无援地立在悬崖上，半是风景，半是昭示。这不，当我朝你投去崇敬的一瞥时，我不知道还有什么比这棵树更使我获得一种感悟——

是的，真的强者，常常是在逆境中诞生的啊！

新 芽

眼睛有点累了。

从厚重的白纸黑字之间，我抬起头来，只见黎明的曙光正以轻柔的手指揭开雾幔。雾渐渐散去，骤然，我看见那一树支撑天空的秃枝上生出几片新芽。

凝绿的新芽，在曙光里生机盎然。

我惊喜的眼睛亮了。

新芽啊，就像我蛰伏在冬天的心一样，你也有过冬天的失望么？

新芽微笑不语。

也许是在冬天长久无声的期待中，聊将隐匿的一种气质，以及清新浓烈的情意、深刻丰富的涵义，用芽的追求，表达自己对冬天的反叛和对春天的眷恋。

调皮的南风吹进窗来，轻轻拍击我的心岸，喃喃细语：树枝发芽了，春天也就来了……

刻在枫叶上的诗

伸向远方的路，在冷冷的风中醒着，沿着醒着的小路我独自走着，走向秋的黄昏。

骤然回首，一棵枫树站在秋的深处，瘦骨嶙峋的枝头上，一片孤零零的枫叶，

灿烂了我的眼睛。

这是最后一片枫叶。

咋一看去，在苍茫的枯黄里，它孤零零地站在枝头，给人一种凄凉孤独的感觉。

然而，当风浸着寒露不时向人袭来时，我再凝眸，只见那一片树叶在秋的深处如一柱升腾的火，似一杆燃烧的旗……

那一片枫叶我看得如痴如醉。

适才，我的眸子堆满枯黄，连季节也随秋风枯黄的凋零；待我走出惆怅，那一片露浸霜染的红叶，却在秋风的召唤下，以淬火的情、凝血的歌，

注释不屈的生命!

其它叶子在秋风里一片片纷然飘零,独有它留在枝上,留在秋的深处。

一个幼稚的梦,是如何梦成秋的精灵呢?从那叶脉里流淌的猩红的信念,让我读懂了这一片枫叶。

（选自《延河》2019年第2期）

花瓣与草叶(三章)

陈志泽

深刻的小花

小到几乎可以忽略,点点白就是她的花了,绿叶的轻浪随时能将它淹没。

微弱的呼吸竟是那样强劲地飘飞,好远我就能闻到她的气息,瞬间陶醉……

走近她,我禁不住亲吻她谜一般小小的花蕊,不忍离去。

她的香是一种发自深邃灵魂的自顾自的随意宣泄?

此刻,她的香承载起我思想的飞絮击倒所有徒有华丽外表的张扬。

有时我突然闻到她的香,但四处找不到她的踪影。找到了,却不见她小小的花。哦,还没到她开花的时节……

论写作

血的燃烧。目光的行走。

雷雨交加的心里飞出的一道闪电。鸟拍打着双翅飞天的轻盈。

急促的呼吸。止不住的心跳。一次次的犯病。一次次的酩酊大醉。一次次的灵魂出窍。

电脑键盘上狂飞乱跳的手指头。一杯烈酒。一盅清茶。乡村道上永远不被取代的独轮车。

黄钟大吕的奏响。一缕云雾的飘游。

我的笔

它是一根棍子，插在时光里，何时成了瘦瘦的柱，让我在摇摇晃晃站不稳时靠一靠，喘喘气。

承想，它生下根，发了芽，还时不时冒出一两朵笑。

它是一支铁钎，频频敲击山岩，手震麻了，也停不下来。从我手上飞出的音符居然连接成歪歪扭扭的旋律。

我的笔，在稿纸上行走，将笼罩这一片土地的黑夜、侵袭这一片土地的风雨撩破。

笔秃了，笔撬不动路上的石头，笔扫不走扑面而来的喧嚣……我会换一把新的。

我的笔换了一把又一把。

我的笔一直握在我长着老茧、冒着汗气的手中。

我孤零零的笔像一尾小小的鱼，随心所欲游弋在碧波荡漾的大海里……

（选自《文学报》2019年5月16日）

红衣男子在石桅岩下翘首盼望（外一章）

徐成淼

石桅岩高耸在天地间，南天一柱，迎风而立。

它俯视尘世，阅尽人间沧桑，见惯了浪奔浪流，花开花落。

巨岩脚下，楠溪江从容前行，江面平缓而淡定。

形如古琴的一张竹筏，潇洒地横在江湾，如箭在弦上，引而不发。

何等美妙的画面：石桅竖立，长筏斜倚，碧水就从它们之间穿过，是黄金分割的绝配构图。

万绿丛中，一名红衣男子在江畔徘徊。他时时翘首远眺，眼神满怀期待。石崖凝定，楠溪长流，红衣男子就在这一动一静之间焦灼地守候。

他渴盼的神情，令我感同身受。是什么时候，在什么地方，我也曾如此期盼？也曾如此焦渴？

好不容易，长阶之上，疏林之间，有人影隐现。

是她来了？红衣男子急趋向前。

我也兴奋起来，从高桥之上，俯瞰这一幕人间喜剧。

女子白裙过膝，一把遮阳伞蓝黑相间。在红衣男子的搀扶下，她趔趄着登上了竹筏。

红衣男子紧握竹篙，叫了声"坐好"。长篙一点，点出了桃花流水、碧海青天。满腹柔肠，随即绘就了一襟晚照。

在楠溪江畔听古琴演奏

楠溪江畔，耕读小院，聚光灯下。

她长裙曳地，端坐在琴前。乐声响了起来：《阳关三叠》。

低眉信手，轻拢慢捻。当年渭城的那场骤雨，从她的指间娓娓飘出，穿过广远的时空，继续滋润着许多人的心田。

　　耕读小院的客舍，承接细雨的洗濯，显得格外洁净。院墙外的那株山茶树，红花满枝，引来了两个蜜蜂，三只蝴蝶。

　　那么王维先生，如今还在客舍里踱步拈须吗？打那之后，出了阳关的故人，可曾再次团聚？那深切的思念，可曾酿成又一首脍炙人口的诗篇？

　　青山无数，白云无数，浅水芦花无数。上千年过去了，那杯惜别的旨酒，喝到今天，还没有见底。

　　琴声还在鸣响，琴女的纤纤手指，在弦上自如地翻飞。一叠，二叠，三叠，嘈嘈如丝雨，切切如私语。随着楠溪江水，汩汩滔滔，奔流而去。

　　曲终，琴手缓缓起身，向听者俯首致意。掌声响起，帷幕落下，灯光转暗，人群陆续退场。

　　只有余音，还留在穹顶，恋恋地回绕不去……

（选自《大沽河》2019年第1期）

鸟　鸣（外一章）

韩嘉川

精卫填海，交让递生。
——《抱朴子·内篇》卷二

比晨光来得更早的，大约是精卫的后代。那些鸟一粒粒啄尽了黑暗之后，攀上高层楼房的窗口，鸣叫。

释放夜之压力的老女人们开始舞蹈，然后去早市。参与蔬菜与粮食的争吵，让贸易战打到舌尖儿劳损，输赢都让微信打款。

淹没了很多视线的原始黑暗，衔几枚星光与月色，甚至绵延的街灯与彻夜不眠的勾栏，也难阻挡风声雨线的罗织与暗算。而鸟的遗传基因，就是不厌其烦，一代又一代不改初衷地捡拾每一粒微弱的光，填出新的一天。

被稻草人欺骗的日子还在那里，杆子横竖。披着麻袋片，毡帽的破洞可以窥见阿Q的心眼儿。还有雪地上笸箩倒扣的谎言，阴谋的线索，操在孩子的手上，却牵着大人狡黠的目光。

与早晨一起鸣叫的还有阳光有树叶有草籽儿，也有饥饿；然后在房檐下轻轻拍打翅膀，甚或向玻璃窗里窥望，大妈翘着小指洗米做饭，不时用舞台腔对镜表演；鸟儿深深感叹：人生居然真的是戏魇……

熟悉汉语的鸟

熟悉汉语的鸟儿，隔着弹弓射程的距离，鸣叫。

那时，夕晖开始浸染房檐儿和风的羽毛，晚餐也在圆桌上摆出了碗筷和乳白瓷碟，餐巾叠成展翅状；

且预留出各种话题碰撞与酒香气味儿弥漫的空间。
隔着窗玻璃的距离，鸟儿熟悉汉语的姿势；
一派优雅展开虚构的情节，手举窖藏的葡萄酒，
让那个酿制的年份愈干旱少雨，愈显出品质的高贵。
至于腐烂于洪涝的原野，只是饥饿无枝可依的隐喻。
啤酒夸张地泛着泡沫，夏天已悄然拐过路口的黄叶。
韶光的阴影儿渐渐放大，桌子上的书籍也会背叛；
门口不缺飞过的鸟儿，熟悉汉语修辞的余韵。
经年的麻雀，基因中已潜伏了某种警觉。

（选自《新时代散文诗》2019年创刊号）

速写西欧（五章）

皇泯

蓬皮杜艺术中心广场

蓬皮杜，蓬皮杜。

钢架林立、管道纵横。

红色的扶梯，自动上下，绿色的水管，血脉贲张。电力与空调管路，呈现黄色与蓝色的交错。

古城，闯进一只钢铁巨兽。

卢浮宫以十二世纪古典的目光审视着，巴黎圣母院以敲了四百年历史的钟声警醒着，只有埃菲尔铁塔，踮起云中牧女的脚尖，远眺。

身着穿眼打洞的现代牛仔装，也不敢轻易走进蓬皮杜，走进现代艺术。

唯有背对蓬皮杜，眯缝艺术，穿越绿荫的间隙，远古的瞄一眼蒙马特山丘上的圣心堂。

葡萄牙居住了三晚的小街

从三楼阳台望去，墙头横七竖八的西方字母读不懂中国人攀爬的方步。

卸下笨重的行李箱，卸下一小截贪玩的累。异域的自由行，走得并不轻松。

自由也有自由的台阶，每一级台阶上都留下不自由的印痕。

速写省略了的道路，并不平坦。稍不小心，就会跌倒人生。

关在小街对面栅栏里的生活，防盗还是禁锢撒野的小鸟？

街灯,昨夜睁开的眼睛,今晨还在哈欠声中犯困。

在罗西奥到辛特拉小镇的火车上

白种人黑种人黄种人拥入车厢,来自不同的地方,开往同一个方向。

没有白色的孤傲清高,没有黑色的屈尊俯就,没有黄色的妄自菲薄。

一节车厢,开满五颜六色的微笑。

我们生活在同一个地球,沿着经线驶向纵深,沿着纬线驶向阔远。

我们在生命的旅途,邂逅于同一趟列车,到站的下车了,进站的上车了。

自由自在,各取所需,井然有序。

但愿人类如此安详,世界如此平和。

坐在古城墙上

古老的墙缝里,挣扎出一棵小树。小树年龄不大,出生于一九四零年。

那是萨拉查下令拆毁曼努埃尔以后的一切建筑时,侥幸逃命的一棵树种。

六十七了,还附着原城堡留下的石料生长着。

作为建筑,原来的城堡与现在的城堡,谁才有存在的理由?

树不懂建筑,更不懂政治,只知道生命。

我坐在历史上,不懂建筑,也不懂政治,只能画速写。

西班牙租住房阳台上

钢筋混凝土覆盖的阴影,有点沉重。

风穿越栅栏,撞在玻璃上,光溜溜的喊不出疼痛,滑倒的过程有点痒。

轻轻地、轻轻地掰开梭门,唯恐惊醒了异国他乡的游子梦。

穿过不锈钢栅栏,林立的电视天线,在绑架中展开翅膀,搜索天空。

蓝天白云间,响过一架返程的东方航班。

(选自《诗潮》2019年第8期)

黎明的心(五章)

老 风

非常时刻

闪电是夜空中发光的伤口,是风云碰撞后必须怒吼出的图案。
祝福这块土地啊。
大雨注满河流,滚烫的物质在人们血管依然奔腾不息。
每一粒谷子都是祖先的成果,每一朵花都在唤醒长眠的烈士。
我从每一缕风的胸牌上读到从容和自由,这是一片深刻的土地,长风,浩荡着前进!
夜空里的一切形式,仓廪里饱满的内容。

关于乌云的比喻

双手把乌云压紧,一块老黑茶在天人合一中诞生。
雷声之锤,闪电之火。
天河之水,人间好茶。
厚重的烟火味道,迢迢路途的风尘仆仆。
一饮,风云看惯;
再饮,何谓委屈与沧桑?
独饮,个人现实主义的良药;
共饮,为乌云找到了合理的解决方案。

雨中观蒲

蒲草到了七月,抱槌而立。

什么样的环境让草一样的植物心如铁杵？

太阳当道的时候，蒲槌的结构一个月后就露出真相。它们其实就是一粒又一粒的绒毛，柔软、胆怯和分裂，它们是空气中漂浮的絮。

七月末的一个被雨水不断梳理的下午，在湖边的水洼，我凝神看蒲。

这些大草，走出通常的匍匐。

风雨交加之时，它们抱槌而立。

解构后鹅绒那样的柔软，一抱团就是坚定的信念。

在野僻之地，安静的猛士怀揣蒲草之心。

我是谁？

雨天的一个观蒲人，他发现了蒲槌的本质。

空　白

大概四到五级的风，就可以让子夜的天空蓝出怀念中的境界。

人间的呼吸集中起来，一片片云驮着月色，它们一点一点地拭去天空中曾经被玷污的痕迹。

我看着云渐渐走远，更夫如何巡夜？

他们把锣敲成地面上的风声，一声比一声紧。

一生没有学会放弃，当天空蓝成怀念，我多么希望自己全部的经历只是一次空白。

橡皮是错误的借口，所以我拒绝用它来纠错。

用空白去批判装满，子夜，我是几十年前那个乡村少年。

后来的一切故事都属于多余，唯怀念永垂不朽。

至于人间的勇敢、披荆斩棘和忍耐者及善良者的结局，我愿意是一个单纯的巡夜人，天空永远只是蓝色的空白。

空白的蓝，它是我在这个子夜新发现的安慰。

黎明的心

任何黑暗，都会有坐在黑暗中的人。

你是否有明天，取决于你是否具有一颗黎明的心。

八月的第二个凌晨，闪电在窗外舞蹈，雷声如重锤击打着沉闷的夏夜。

此刻，我灭灯独坐。

那些漫步的，蹒跚的，疾走如飞的，都是我在白天看到的行走方式；

那些开花的，结果的，以及被不断修理的植物篱笆，事物在各司其职。

远处田野里的庄稼和粮仓在交谈，我愿意被我看到的一切鼓舞。

在黑暗中，我想着自己没有看到的人们之间的互相热爱，它是密不示人的铭文，是黑暗中的力量。

是的，闪电是黎明的引信。

多年以后，我会记起这次黎明前的独坐

雷雨交加，这是每个人一生中必须经历的考验。

（选自《诗潮》2019 年第 11 期）

瑶寨风情（三章）

唐德亮

读瑶家《过山榜》

先民的声音，穿越历史时空，袅娜而来。

十二姓瑶人，盘瓠王这棵大树的十二分枝，开枝散叶，郁郁葱葱。

逐岭而居，刀耕火种山田，营身活命；擂动长鼓吹笛笙歌鼓板，雅意野声。

一篇散发先民性灵、浸透先民血泪与祈望的奋斗史，迁徙史，婚姻史，以及从神到人的进化史。也有愚昧与虚妄，有神秘与玄机，有悲壮和欢欣。

盘瓠，走如云飞，身游大海，口衔高王之头，娶宫女为妻的传说中的始祖，超现实的浪漫与现实主义的人神同体，不仅属于过去的瑶山，也属于中华文化。

翻阅《过山榜》，我读出了一幅灵动而温暖的长长画卷。

瑶民迈入文明的见证。

余韵不绝，悠远，动人……

注：《过山榜》是古代记载粤西北过山瑶历史文化的文献。

排瑶长鼓舞

苍茫的山野感受着生命的律动。

红头巾，红披风，红汪嘟（瑶语，即长鼓），银圆牌，红裙脚……一排壮实彪悍的哥贵，逶迤而来。

以田野为圆心，以群山为背景。

"咚啪！""咚啪！"五只手指与鼓面碰撞，击打出一阵阵撼动群山的鼓声，伴着旋风一样的舞步，将我们带进远古：唐冬比与房莎十三妹的凄美爱情，带进鸡桐木奏响的袅袅琴音……

丰收的喜悦，爱情的甜蜜，美酒的浓香……脚步跨过了千年的坎坷，生活已翻开了斑斓的一页。

即便日子多么黯淡，纵使高山上覆盖着厚厚的冰霜，但我们的血是沸腾的，我们的爱是多彩的，我们的心胸是宽广的，我们的嗓喉是粗犷有力的。

……敲呵，舞呵，如雄鹰翔旋，如骏马奔腾，如猛虎扑地，如春雷鸣吼，如暴雨冲刷心灵……

灵魂之舞，生命之舞，希望之舞。舞动青山，青山为之卷起绿浪；舞动流水，流水腾起不灭的彩虹……

瑶 排

依山傍坡，重重叠叠，叠叠重重，直排上云端。

杉皮，遮挡了一个又一个世纪的风雪。

火炉塘，焐暖了一个又一个凛冽的冬夜。

窄窄的厅堂，有古老的盘王终日为伴。谷仓，贮藏着一冬一秋的殷实。猎枪，在门背后等待着一次发言的机会。

窄窄的窗户，终年守候着黑乎乎的梦。

每一间屋子，都有不同的欢乐传说与泣血的传奇。这传奇故事有的已被岁月风化了。

一级级的石阶，从寨脚通向寨顶，又从寨顶通向山脚，通向山外。

林子里，地坪上，有莎妹的裙子彩云一样摇曳；顶圈像太阳的光圈，圈住了一个迷人的颈项。

雉翎，是瑶排的花朵。像一簇七彩的火焰，将生活点染得摇曳多姿。

酒，是瑶家的血与魂，能使瑶家的男人更加剽悍，勇敢，刚强。

歌，是瑶人的另一种生活方式。此起彼落，或雄浑，或甜嫩，或豪放，或悠扬。歌声将哥贵（小伙子）的眼睛点亮，蒋莎妹（姑娘）的心窝照亮，将瑶家的生活唱亮。

不知哪一天，瑶排旁边，冒出了一幢砖瓦房；不久，又冒出了一幢，两幢，三幢……这是瑶排的另类子孙。但瑶山容忍、接纳了它们。

又一日，忽地站起了一幢刚筋铁骨的水泥楼。这是希望小学。宽敞明亮的课堂，使孩子们更自由地呼吸着山里的清新，呼吸山外吹来的文明。

入夜，山寨的梦也已不再那么深邃，而是填满了欢乐与希望的音符。

瑶排是岁月留下的斑驳历史。是裂变中的阵痛，是阵痛后的雕塑。

注：瑶排，即粤北排瑶的瑶寨。

（选自《星星·散文诗》2019年第12期）

压在天空下的手记(三章)

李松璋

毒米一样的初雪

撒在洁白积雪上的毒米,不只是为看见几只无辜鸽子的悲惨死亡。

冬日将近。一座冻僵的城池失去知觉,城门的合页无法并拢,缝隙里,内外警觉的眼神相互对视。蛇如乌铁般沉浸于自娱的假死里,甚至无梦!农夫胸膛里那一点点温暖,在等待日后写出一个寓言的无名书生。城门贴着的那张寻人启示,上面的名字已被一只乌鸦窃走。一只翅膀下面掩藏着一个伟大名字的乌鸦,正飞翔在毒米一样的初雪上面,目睹破败的江山遥遥无期的苏醒。

青草无力说出哪怕一句貌似正义的话语。它已自身难保。

天空睁着无数空洞的眼睛朝下看。冰河无氧,鱼大张着嘴唇,鳞片脱落,气息微弱。弥留之际,它最想说出的一个字,是:渴!

对绳子的另一端说话

记忆。一块铁。胎死腹中的那块铁,在身后,带着它,我已身心疲惫。

它为何不依不饶,不离不弃?长路迢迢,我必须用一根绳子拉着它日夜行走。那不是一根牵重若轻的绳子,也不是命悬一线的绳子。黑夜可疑。对绳子的另一端自说自话,如同迷途的命运对喝醉的灵魂说话。偷猎了大地丛林珍禽异兽和奇花嘉木,我知道,背负着它们,走不出重重山谷。

年轻的猎人狂妄无知,又难以置信地贪婪。我清楚,有时也不免心怀忐忑。

石　头

并非为了遵从宿命,它们才永远不再说话。即使是温风轻浮的撩拨,即使是野火烧到近前。不说话,不代表对眼前发生的一切没有态度。比如,它拒绝了去成为一座纪念碑的底座,却在身下掩护一批有思想的蚂蚁。它不会让心中怀有怨恨的变态者搬起自己去伤害善良和无辜,更不会像善于投机的沙子一样,参与到霾的行列,去毒害鲜花和鸟儿的肺,迷乱世人的眼。在轻浅的世故面前,它选择沉重,在纷乱的嘈杂面前,它选择沉默。说不出的话,是斯世最真实的史记。石头,你给它怎样的许诺,都不会开出违心的花。

（选自《百柳》2019年第4期）

在磐安（二章）

李 皓

在细雨中打量杜鹃

我此行来磐安，是来看杜鹃花的。

春雨显然是来凑趣的，但它有喧宾夺主的嫌疑，它打乱了我的脚步。

细雨中的杜鹃更加惹人爱怜，多愁善感的江南女子，在高姥山，袅娜娉婷，楚楚动人。

一些雨把你揽在怀里，一些雨把你含在嘴里。

你含泪的微笑，是这个早晨最令人心碎的光芒。

在磐安，没有一滴春雨是无辜的。

那些颜色不同、品种各异的杜鹃，就是青梅竹马的邻家小妹，每一个表亲，都花容月貌。

或许，我更应该在有月的夜晚来看你，即使你蒙上了一层薄雾，我也能触摸到你的芳馨。

或许，我来自北国的心是蒙尘了的，一定要经过江南雨的洗礼，才可以在山里与你盈盈一握。

我一定要走回头路，我要把你一次次细细打量。

你把我尘封的爱情，撕开一道口子。那颗早已麻木的心，梨花带雨呢。

漫山遍野的野生杜鹃哦，我只要一朵，就够了。

你年年开，我一点点老去。

眺望大湖山村

从酒店凭栏，望向近在咫尺的大湖山村，望向层层叠叠的远山，我就是那浮云中的一朵了。

昨夜，沿着盘山公路，我从乍暖还寒的东北飘来，我从钟灵毓秀的义乌飘来，我从磕磕绊绊的思绪中飘来。

此刻，我必须在大湖山驻足。

大湖山，这诗意的栖居！

一群诗神的大呼小叫，让湖山居士在夜色中倏然醒来。

高姥备酒，杜鹃弹唱，山里的神仙彻夜睡意阑珊。

更多的人则是一头雾水，那些半山腰怎么也扯不下来的浮云，多么像一个个仙风道骨的人家。

没有一棵树是可以撼动的，没有一朵花是可以亵玩的。

这个细雨霏霏的黎明，这个天朗气清的午后，每一个人的抵达和离开，大湖山都不动声色。

大湖山就在那里，不声不响，吞云吐雾。

大湖山就在这里，不卑不亢，貌若潘安。

每一抔土是自在的，每一块石头也是自在的。

每一缕云彩是自在的，每一个过往的凡夫俗子也是自在的。

来来去去是自在的，生生死死是自在的。

而我的眺望，其实是仰视，是顶礼膜拜，是生死相许。

（选自《华西都市报》2019年5月12日）

守夜人的更鼓（五章）

崔国发

薄　暮

白鸦敛翅，染一身晚霞的胭脂。
须弥空了。无有相生的芥子，落叶，木鱼丁丁……
守夜人的更鼓，有如神赐。
拨开半山腰的一截截枯枝，菩提，若隐若现：一座静寂且不惹尘埃的古寺。
我看见，一缕人间香火，被风吹向浑圆的——
落日。

荒　草

一丛荒草，使秋风的语气加重。
凌晨，我看见一片倦怠的黄，极像我鬓边的那一绺白发。
而抱病的黑鸦，飘忽不定。
如今它老了，寒凉的泪，不曾在昨晚的旷野上潸然。杂乱无章的斜坡上，
只落下一层枯涩的、凛冽的薄霜。

钉　子

一锤下去，木头的感觉，不只是一种疼痛。
有时，它还必须在外力的作用下，学会隐忍。任凭一根钉子，

步步深入——

生命的纹理。

自始至终,我都没有听到,木头的一声呻吟。

桃 夭

我又一次遇见了她。

一些叶子,落了一地。或者,在细小的腰上,有三两处虫蛀的伤疤。但看上去,她仍像以前一样,长在诗经里,灼灼其华。

千年的鸟鸣,在佛光中衔来了,一缕香魂。

之子于归,朝着桃花去。

心儿,怎么也盛不下,这么多来自身边的颂,或者风雅。

星 空

守夜人,在布满雀斑的夜空上,看见:月亮姗姗来迟。

没有菩提,只有桂树。

青铜似的星星。越磨越亮的明镜台,周围有一缕梦的云彩。

而另外一些海星星,却始终走不出,自己沉寂的阴影。那遥远的此在——

在破碎的美丽中,宛如一粒粒迷失的尘埃。

(选自《伊犁河》2019年第3期)

走进沙滩（二章）

喻子涵

洛安江始终还在流

洛安江也好，乐安江也好，都属于大地，始终还在流。

向沙滩流来，或流过沙滩，有人知道它流到哪里去了。

当有人不知道它往哪里流，我就告诉他：

上岸去村里看看，有位老人，他在木屋里等着你喝茶。

乐安江也好，洛安江也好，名字是人取的，地图是人画的。

你就当着它是你身上的一条无名的血脉，往心里流时很静，流出心里时一路狂奔。

不信，你把一下我的脉，一会儿跳，一会儿不跳。

我行走在江边，和鸟们花们开几个玩笑，逗一下刚醒的清晨。

据说，这条江有个机关。我是看清了，就是江心凸起的琴洲，锁住上游和下游，过去和现在。

据说，沙滩有王气升腾。我也是看清了，就是古往今来的脚步始终还在响着，卷着阴晴风雨，从这古码头上岸和下岸。

禹门寺

到禹门寺，正是洛安江畔耸峙禹门山的地方。

倒是有些破旧，但是那份气宇依然轩昂。

一具影子，破衣敝履，一句话也不说。

我告诫身边的朋友：对于不修边幅的人，最好对他谦恭一些。

我撞了一口钟，其声可以穿林；再敲一面鼓，其鸣可以透地。

细看那些碑刻题赠，有着不凡的身世和经历。

其实，我早就听过福桐先生讲沙滩文化。

他讲中原佛教衰落时贵州禅宗如何兴起，讲禅宗五灯之临济宗如何在贵州诸山落地生根，讲禅学为何是沙滩文化三宝之一。

从黎氏修家庙、开私塾馆，到丈雪和尚、通醉大师兴禅入住；

再到名倾一时的"郑、莫、黎"在此先后产生。

小小禹门寺，兼容儒禅，包容大道，实不敢小觑。

你看我，一脸庄严，小心踩着当年巨儒踩过的地板，小心扫描四百多年来无数名流的眼睛扫描过的地方。

我心里涌动的，正是一种走近灵魂的文化。

（选自《贵州散文诗》公众号 2019.10.30）

从乡村到城市（二章）

林登豪

望尽高楼

霞光妆奁都市沉闷的长空。

楼内的电梯在尘埃中上窜下跳，掀动清晨的光晕。在等待的片刻里，脑海一片空白。

挺剌长空的大厦高度，压抑着丰盈的内心，夕阳下，巨幅的玻璃墙，反光如血如注。

我仿佛被二氧化碳劫持，当了人质。

好不容易掠过一只小鸟，令阳台上的小男孩拍手欢呼。

走在狭窄的楼梯上，如履薄冰，散乱的长发遮蔽了谁人的双眼？

心灵的荒原俗念丛生。

月亮露脸了，李商隐的幻影闪过，高楼没有丁点诗情画意。

入夜，在斑斓的灯光与五彩的喷泉中，我迷失了。

好几座数十层的高楼犹如好几道上谕。

我就是御驾亲征的王者，与高楼对阵，无言、无奈。

在楼顶又想起童年

站在楼顶，我悖逆城之旨意，把故乡远眺成小黑点。

哦，生我养我的故乡，土地肥沃得像一盘奶油的蛋糕。绵绵的细雨抚摩着干裂的泥土，伴着四季转换的节奏，我转动着掌中带有纹理的鹅卵石，远眺着一片片听话的水稻。

农民们弓着谷穗般的腰脊，顶起岁月的勤劳，屋顶上的炊烟已升起,灶上的白米饭散发出焦味,女人们只闻到丈夫的汗味。

在那鸡鸣狗跳的山乡村野,我徘徊在阡陌中,田野立刻苏醒了,一片片稻田萌了芽,泛了青,演了花,抽了穗。

穿梭的彩蝶,剪出多雨的季节,站在稻田中,流水滋润了我的悟性,自己也虔敬地成熟为稻穗。

长在泥土味中,滚爬在泥土味中,妈妈的毛线针已长成一片竹林,青翠我的童年。

童心拉直的蜿蜒小路从山的这边荡到山的那边,一边是黄黄的,是皮肤的太阳,一边是黑黑的,是眼睛的月亮,而妈妈的蓝底红点围裙,却照在我的心灵上。

头顶故乡迁徙,返乡的路被时间越拉越长了……

我无奈,没有缘由远离高楼……

(选自散文诗集《折叠:都市与山水》)

三个人夜走皖南(外一章)

方文竹

腾起漫天云烟。落日,虎视眈眈,似将人间的一切吞没。此刻,留下三个人,三粒小黑点,移行于皖南之夜的腹中。

一位是我的大伯,走在前面。却不时地回头看着我,沟沟壑壑装于他的心中。一路上,他沉默地计算着什么;不时地抬头一望,明月是一只亮饼,高悬着。

一位是我那位大城市打工返城的侄子,脚步正急(大伯和我赶不上)。小桥流水俏美。春天的高领衫,敞开着蓝调心情。

短信刚刚发完。远处一列火车的轰鸣传来,他说,这多像公鸡夜叫。

一会儿,大伯和侄子争起来了,生活的勺子越搅越浑。

山阴道上,一只夜鸟,恶狠狠地飞出了草丛,叫声像硬币抛下,扰乱了月光的旋律。

夹在两个白昼之间,灵魂开始逃离,美丽的野菊花一样星散。

我在一地的月色里,遍访晶莹。

三千愁丝

比现实长,比梦短。

中间一座独木桥,下面水深火热:一千尾鱼,难变凤凰。

甘心街像一根颤动的琴弦,我们像一群小麻雀一样:弹奏。

神兽寄居——

一千年,一万年,听不见她的一声吼叫。

一棵苍老的松木,甘愿戴着镣铐。

一尊斑驳的古瓮,内藏的灰烬胜过黄金。

用头撞过去的,不是墙,而是空气里的一张白纸:上面写不出一个字。

今夜,我吃的不是月饼,而是月亮。月亮要回家,沿途布满温和的雷霆和绝望的黑洞。

我独自抚摸着这些金丝、银丝呵,时间烂掉。

(选自《星星·散文诗》2019年第4期)

春的短章（四章）

阮文生

一条河撞开春天

一群鱼驾驶一条河，和一副歌喉驾驭一支曲子没有多大区别。激昂，雄阔，平缓，在某个段落来点小修饰，用低回的尾音沉稳一下情绪，然后放开区域把气韵荡漾开来。油菜花的香气已如灯火，被水波揉黄揉碎了。

一条河早已摸准一个城市的情怀。无声无息，也可以惊涛骇浪地来番大动静。生活得到普遍清洗，一块腊肉、一只棒槌、一个马扎也不例外。河水拍打着麻石和杨柳，湿润毛豆腐的叫卖声，张开的记忆，网住久远的渔歌。城市记忆斑驳了，那么多的孔洞泄露的不仅是汗水和残阳，水草、鹅卵石、柳叶船和不尽的猜测，同样饱尝这个城市的深度。从雕龙绘凤的创意里，重温古老的风流，但无法从三江口回到木板搭建的嘈杂和简单里面了。

一条河给大地留下浪花、弧度、朗润的歌喉。日出的景象完整地置放其中，还有那些云朵和飞鸟。一条河奔驰在明亮的目光，也浸沉在自己的激情和向往里。冰凉了山峰的根部，弄皱了桥的倒影。沙滩和一些经验不可避免地潮湿了，沉寂和响亮积攒够了。一条河正在撞开春天。

春天的超越

树枝伸到墙外，连带了更多的叶子。春天的路径，从墙头或空中过来？有点不拘小节，超越不分界线。一团团一簇簇的绿，悬着堆着，天地里的思绪，堵住你的看法。

叶子与叶子之间，并非无罅可击。白茫茫的水声，从那里过来。游走在小小的空余里，侧着身段，茸茸的绿意便沾在上面。绿里的静穿缀起来，便紧密了。摇动的时候，不会散开的。绿的那头的河，可高可矮，要看天的眼色。白茫茫的呼吸可粗可细，要看波浪对于石头的依恋了。

一条水泥路，从仰望里抬起，又从暮色里滑下，原野的气息弥漫在周围。卡车，摩托，钢铁，重复着强硬的性质，从晚风里四散开来。

不断刷新澎湃的情怀

纯净的粉红让十里桃花一夜醒来，惊人的美艳令诗歌在枝头平平仄仄。经过一天的奔跑，满脸的红润，任风拂掠吧，随云遮遮掩掩。

繁忙争分夺秒！群峰参与进来，一座山头拉着一座山头，一个暗影推着一个暗影，仿佛放开的歌喉，底气和创造猛地捕捉到新的音色。这是瞬息闪发的智慧。沿着一个方向铺排，它们不断刷新澎湃的情怀。

淬了火的底色，悬在西天。周边的云彩，腾升着推延着，生怕烫坏了经典。允诺游移热度之外，对比正在接受调试和剪裁，鸟鸣忽轻忽重地传递过来。

齿状的物质锯开流动的世界，弥漫的云岚带来了浓重的烟火味。一个倾向指认多少暗示，叶片的背面，脉络和弧度悄然翻垂。

烈焰开始温和平静，写过的信笺啊，只是一缕蓝烟。多少凝望被包容，多少人间沧桑千山万水，在一点点地冰凉或后退。

春 色

布谷的鸣叫，火一样热烈，一声和另一声之间，除了风云就是自己和自己的飞。每年这个时候，总有什么丢了吗？就是记忆也得在天空里找回来。

几颗星星连着清晨和子夜,不断往前推的是波涛或界限。我是说一场雨后,河水、羽翅一起把亮光从底下或记忆里翻上来。

云空松柔而宽厚,阳光滑了下来,悠长的气韵明亮了单簧管的独白。小路差不多掩没在草叶了,平淡的黄色,是一条生命之径在那儿忽隐忽现吗?

(选自《人民日报》2019年2月6日)

我要策马而奔(外一章)

黄恩鹏

大风袭来了。迅捷。有力。一路掠杀。掀翻了天边一片莽原。

是时候了!我听见夜已走到尽头。雷电似一把锐利的长剑,瞬间破开天地!

那些与纯净对抗的尘埃,终于唱响了挽歌。大风裹挟的大雨砸落万物之上,似一员猛将的一双大手拨动着铁琶大弦。

那些路途,被一道道闪电的鞭子驱赶。

是时候了,我要策马而奔!越过泥沼,越过大海。

我要邀众鱼加盟,率领众多河流和我的血液一起,冲破重重阻碍。我将会看到太阳下那些沉淀的金属重新升起,攀上青山的高度!

我内心的灯盏也会闪烁太阳一样的光芒,我身上的血液也会抖动大海一样的涛浪。伫立大风中,听迅猛的呼啸把我的身子裹缠。再拾取一小截雷声填进骨头锻烧,它进出钙质的脆厉,让我的脚步更加有力。它将从大地深处长出根的坚韧、树的壮阔,让瞬间的疼痛,壮美生命的晴空。

雷霆一阵紧似一阵!把我腰际悬佩的宝剑,铮铮弹响。大风,裹挟一片大雨密集砸下!面对一条倾斜的大流,我听见了出征的呼唤,一切悲凉、圆满和破碎,都将是我出发的理由——大风来了,大雨来了,我要抖开缰绳策马而奔,我要抓住幸福的飞升或跌落!

鹰,举起太阳的灯盏

鹰,在天上举起灯盏。肉体的领袖高高在上。灵魂轻盈。翅羽的力量,比从地平线上拔升的大海还要巨大。

世界在创建,有谁把宿债高筑?

大海隆起冰崖。一批又一批高蹈者，他们看见闪电想起风雨。他们听见雷声，响起呼啸的山林。携大斧的汉子，在飞往太阳的路上，踏雷蹈火，面无惧色。

　　边地之上，他们像鹰一样。血液温热了冰寒的天空。胸襟博大，吞吐天地。

　　长路在前，火焰在后。坚强的翅膀远行高天。河流与山岗，森林与草原，是它们经过的站名。

　　把蓝天和大地交给鹰吧。只有鹰，才有理由一次次选择远方的远方、高处的高处。

　　　　　　　　（选自中国散文诗研究中心公众号 2019.8.1）

第二辑

行走的风景

高原之声（节选）

姚 辉

1

巨鸟经过山谷。它的影子，盖着不断降临的晨光与静谧。

高原在谁不倦的张望里，起伏？巨鸟，你的影子，正依次移过死亡、新生，苦难、欢欣，罪恶、旌旗……

我想在高原上印制横亘千古的全部夜色。但晨光已然迸溅——我，想把刀刃般的挚爱，嵌进，高原曾经麻木的骨缝深处。

我想说出高原悠远的哀怨、追悔，说出高原辜负过的所有血肉，说出高原不得不放弃的千种奇遇。

——巨鸟翻越苍茫。你在高耸的山脊上镂刻苦乐，你把自己的梦境，挂在高原最为险峻的遗忘之上。

你只是自己的风声，你只拥有自己的巍峨——当整座高原叮当作响，你，只是高原旷古之声中，一次入骨的赞许。

巨鸟高翔——谁，将在不老的风声中，站成高原牵魂绕梦的启示？

2

种植者在春天活着。手中，种子的光芒有些凝重，像一个即将远行的人，种子，捋着大把凌乱的道路。

种子还能揣热多少崎岖的念头？从春天绕过去，你会看到锡箔上分散的黄昏，被孩童打了一个红"×"的黄昏。孩童喜欢什么模样的夕照？——天空被梦想染红，一个赤裸的孩童，描出，残留的春色。

我想把黄昏挂在高原的颧骨上，让更多的种子呼叫，让更多的种子，延续种子苍老的迟疑。

我想把颂歌献给那粒被乌鸦吞进肚腹的种子——像一道星光，那粒种子，为诅咒与爱，拓出了一个个炫目的时刻。

鸦声黝黑——

种植者，在九月的斜风里，远去。

3

辽阔的汗渍，布满星空。在你眼睛里，高原找到了道路转折的千种可能。

疲乏的五月开始潮湿——在渐厚的叶影上，在火种长成雷鸣之前，辽阔的五月，自闪电铸就的杯盏中，摘下，一颗星璀璨的秘密。

高原想走得比秋天更远，想站在颤栗的花蕊上，亮一亮自己翠绿的躯干；想把水滴的晨昏刻写成传世的诗篇，想扶直狂暴的花雨，让骄傲的曙光，覆盖，遍布藤蔓的金色骨殖。

时辰不会总是徒劳。该升腾的山色卡在漫长的典籍中——时辰，为生生不息的苦乐，保留着白鹭般干净的刻度。

当高原被写进血滴，被另外的手举过风声，它会找到，重新弯曲的那条道路……

4

山地在数它数不清的齿牙。它嚼痛过什么？长满羽毛的星宿浮荡在波澜中，它，咬碎过谁浓雾般冻结的祝福？

山地在自己的鳞片上反复敲击——它跟脚踵下的流水说话，给墨绿的蝌蚪一种昭示，让蜥蜴放弃一千年前的惊惧与静，让试图幸福的追寻者，重新懂得失败的深意……

山地在数它参差的齿牙：狼的遐想，蛇信边缘的坎坷，抑或岸石交错的守候，母狮嘶叫中滑落的唾沫……山地在自己的齿牙上，重溯超越血肉的历史。

疼痛叠厚疼痛，刚降生的孩子哭不出声来，乌亮的星盏混杂在谷物中，被激怒的黄昏粘在山地的脊梁上，血，垫高剑戟锈蚀的骄傲，鸟活成梦的骨头——

呵，山地，你的齿牙，将再次击穿谁穿戴着成吨铠甲的漫漫风俗？

风雨老了——山地，在数它日渐稀少的齿牙。

5

在谷仓中，高原藏着三个比树叶略小的通灵者。

一个掌握着风雨的痛处。他熟知一滴雨裹严的几丝光明，以及风的背脊上面粉状的光明——信仰可以用镍币交换？从史册里提炼出的手势，划破晨光：太阳的秩序，正在成为风雨艰难的秩序。

另一个懂得鸟晦暗的梦境。从倾斜的鸟翅上，他看出一块巨石坍塌的理由，他说出一个时代污浊的痕迹。他还能说出什么？喜鹊成为鸦古老的祖父。你该到颂辞中找你过时的伤势了——鹰的毛羽长在麻雀镀金的臀上。鹦鹉说出的启示代替所有启示……到处都奔跑着煮食凤凰的讴歌者……他，从一堆闪光的鸟粪上，辨读出机构与遐想中变质的绮丽。

而最后的通灵者始终沉默着，这尸位素餐的烟雾，已填塞完谷仓的每个空隙——你还需要他为你填充什么？无法燃烧的灵魂，还是警示？

最后的通灵者，醒着，看着自己烟雾般飘散，然后，再一遍遍地，看着自己烟雾般，重新升起。

（选自《星星·散文诗》2019年第10期）

天南地北(五章)

亚楠

钱塘江印象

潮起潮落间,一种思绪被打开。仿佛天外之音所拥有的明亮,神秘在想象中持续了许久。也会出现在梦里。竹子开花了,荷叶无穷碧,若水的轰鸣把季节摄入遗忘。显然,这并非一个简单过程,它所开启的神圣,都在缓慢的漂移中完成。

可是我依然喜欢钱塘潮,喜欢这巨大的力能够翻江倒海。淘尽人间得失,荣辱,只留下一颗纯净之心与大地相拥……啊,钱塘潮以它的壮观汇聚生灵万物,和不老青山。

高亭之夜

似乎很寂静。万物沉湎于心——宛若浩渺夜空,只在深不可测的冥想中,把万物从高处唤醒。那看不见的部分,就让他继续看不见吧!我并不祈求一道光,能够抹去心中阴影,如同夜鸟独自啼鸣……你瞧,它们并不在意什么风声、雨声。

但,这寂静蓄积的风暴,却在暗处旋转,奔突,仿佛巨大的潜能,瞬间就照亮了海面。而轰鸣声旋即隆起,又缓缓地,在内心归于寂静。

此刻,我没有看见海,没有在一座岛屿上,让自己与更黑的夜连接在一起。即便如此,我也记住了大海的气息——那持久的、淡蓝色的忧伤。

山中雷雨

天忽然就黯淡下来，沉沉的，似乎一个放不下的重。云越来越低，刹那间，锁紧了他的眉骨。显然这幽冥里，有一股力量被释放，以排山倒海之势，穿过尘世，把他的梦撕得粉碎。而远处的雷声，并不知道谜底。就让它继续咆哮吧！大地静默，我从中，从蓝色闪电中，看见了一缕苦涩。

因为这闪电，雷雨便肆无忌惮起来，并且，用它的狂噪，用瞬间的极致，试图改变一些什么……可它不相信命，不相信快乐的手，一如它不相信永恒。假如这样，所有的雷雨都将打开秘密，闪电可以继续奔跑，大地终将开口说话！

吴山红叶

这红是一轮夕阳的红，是晚霞在美女脸上堆积的灿烂，是红晕，是胭脂的芬芳……但她明媚，若晨曦擦亮人类的眼睛。

所以，我听见山茶花绽放的妙响，于夜色里婉转，回荡，仿佛杜鹃泣血，在幽静处张开她的翅膀。

毕竟呀，漫山红叶所呈现的，一片鲜红，在空中装饰云朵——红霞，也是我的梦……不断转换，如红帆船驶向大海。而波光粼粼处，夕阳打开了他的心扉。也即是，大地总是那么富有爱心……

两棵守望的树

两棵树，青松与白桦，相依相偎在那里。他们默默守望，有时也会耳鬓厮磨，卿卿我我，说一些只有他们自己才懂的私语。他们不在意世俗的眼睛，不在意酷暑严寒，平淡的年景，和人间荣辱毁誉。就这么静静守望啊，守望成两棵树，在天地间，安享宁静，与爱的甘甜。而此刻，额尔齐斯河沐浴在时光里，像一道白练，把神话般的沉思揽入眼底。

抑或放眼望去，崇山峻岭间，那两棵树……不，是两颗心，用绵延无尽的爱把我照亮。也照亮了万物，以及漫漫长夜里枯萎的灵魂。嘘，请不要惊扰他们，因为大地上，一切美好都沉湎于安宁。

（选自《新时代散文诗》2019年创刊号）

西樵山（外一章）

香 奴

一座火山死了。亿万年前。

有人从火山灰覆盖的长梦里逃脱，六千年前，他们在西樵山制造石器、攀岩走壁、播撒种子，樟子松与木棉都是他们曾经的情人。

三月有啼莺，六月有半山花雨。而我十月才到来，秋水断流成流苏的丝线，榕树遮天蔽日的叶子滴淌翠绿，毫无倦意。西樵山善意地隐匿了杨柳的腰肢和北方的消息。

在一幕浩荡起伏的绿色面前，我惊慌失措，很明显冰霜和寒风在我的身体里遗留了秋天的痕迹，一部分江山有烽火之伤，那林间的空地，有不能复苏的灼热，被毫不相关的藤蔓布下了天罗地网。

南海观音端坐。

为什么所有菩萨都不说话？

只把眉眼低垂。

山涧归于莲花池，灰瓦整齐，檐角红灯笼随风摇曳，回廊九转，路上满是行路人，来拜谒南海观音的行路人。

佛在心中，来此作甚？

亿万年前若真有那一场火光滔天的喷发，等待这海拔346米七十二座山峰一寸一寸绿遍，将是怎样的漫长难耐？

你还愿意等吗？佛问。

榕树以苍老的根须摇头，山岭以渐渐细小的波浪归于平川。

我愿意等下去。

三十六个瑰丽的山洞都请合拢，都请出示幸福的云崖飞瀑，我愿意一路将自己打湿，遇见我的人，将看到我挂满水的璎珞，重逢于新生。

风　景

风景不动。

所有来者都企图带走风景的一部分,山水的一截、碧瓦红墙的一段、深山里石的沉默、小巷口的丁香树上的雨滴。

风景不动。

来来往往的过客一次次散尽,高大的石牌坊,所镌刻之字一个未变,寺庙里的经卷仍旧写满梵文。我们最终两手空空,而被抚摸得滚烫的香炉也将通体冰凉,谁都不记得谁走进风景时,旧的模样。

风景会变。

有时慢慢的,比如小兴安岭的那些被砍伐一空的山顶;有时很迅速,比如黑土地上的良田被柏油浇成了公路。

风景会消失。

流经生命的那些河,养育过我们的麦地,笑过春风的桃花,南山落梅的冬季。

风景很可能是虚幻的一部分。

梦里的与现实的很可能有一部分重叠。我无数次梦见一条舒缓之河,我在舟上,想到对岸去,对岸长满菖蒲,却没有一次抵达过,要么水流突然起了漩涡,要么小舟渐行渐远……

后来,这个梦彻底消失了,我辗转于现实的水域去寻找过那梦里的风景,终不得见。

在寻找当中,我就老了。

我安慰自己:梦里的花儿都落了。

我们能记得住的风景,越来越少。

心中的河流更像其他河流;古木参天也都有所雷同;

格桑花在不同的风景里只是换了名字;甚至他乡,越来越像故乡。

当然还有一些,成了永恒。永恒,是没有归路的。

离开村庄的时候,那棵哭泣的榆树;

彼此深爱的夏天,铺满黄花的山岗。

忠贞不渝和背叛生长在一起，野草一般势不可挡。

爱恨交织的藤蔓挂满了森林。

一次次警告自己，不要打开那些荒芜的岁月，不要找到回忆的入口。

就让那风景，遮天蔽日。

（选自《诗潮》2019 年第 12 期）

西顶写意（节选）

毅 剑

1

许多年来，我一直不知道顶和底的距离？就像我不知道的高和低，天和地的距离？水和山的距离？不知道一片飞越山顶的云，它轻浮的自身，真的也就高过了山的高度？

在西顶，一粒流落于尘土的草籽，它生命的高度高过了远去的飞鸟。十月的柿树下，一只过时的昆虫用鸣叫宣告了一个季节的结束。

2

西顶是一个南太行的山村。我认识的西顶的样子，不是我想象的样子，就如我多次走进西顶，并一住多天，我每一次的样子，也不是西顶想象的样子。西顶一直被一条曲折的山道围困着，几百年前的山道与今天的山道是同一条山道，也不是同一条山道。

我走来又离去的那条山道原本就是西顶的，但我一直走在属于我自己的山道中。我的山道，注定也同样只围困我一生。

3

一个与世隔绝六百年的小村，事实上，自己就是一个世界。

我和你的走进和走出，是一个世界和另一个世界的碰撞和交流。像一片林子里的鸟，入侵到另一片林子，我们的鸣叫，也犹如它恍若隔世的心跳。

它的土地太贫瘠，它的饮水太珍贵，它的村民太纯朴，它的树木太顽强。它攀援六百年岁月的双手太沉重，它的每一块石头，都活过了我和你无法想象的高度和深远。

4

　　我想，西顶的样子，也就是我多年前一直寻找的山村的样子。

　　那时，你还在我的身边。你说，在这么一个村子与我相伴终老，将是你一生最幸福的事。

　　你说这话的时间也是秋天，也是在南太行的一片叫万仙山的山地，一个被称为郭亮的山村里正下着雨。

　　山岩、石壁、河流、小庙，果实累累的山楂树。

　　离别送走了诺言和心愿。一晃多年，烟雨淹没了黄昏。一个人内心的灯最终在现实里暗淡。

　　我终于知道，没有任何笼子是真正属于一只鸟的。空中相遇的两只鸟，只是为了注定的错过。

　　没有谁能摁住命运的轨迹，复制流年的印痕。就像曾经握紧最终还是又松开的——那只手。

（选自《滨海日报》2019年12月16日）

格尔木(外一章)

宋长玥

沿着一匹孤马的走向向西,格尔木,
妹妹舌尖上不熄的花朵,向我盛开。
永恒之夜,向西,从四个方向聚集的灵魂,
穿越鹰翅下的海西
一个男人荒芜的内心。格尔木,
七月雪临,一首民歌从你开始:
"哥哥们走了,
妹妹,你坐呀!"
哥哥们在岁月中横行四方。
在七月的风中,格尔木,沿一匹孤马的走向,
一首民歌因你开始,因哥哥们悲壮。

散 曲

风熄草低。青海之西,
鹰之长唳难及大地尽头。
一个男人孤独深入。当生活
在远而又远的地方,
具体为一种渴望,一个男人的前进,意义深刻。
……并非没有感动。七月之晨,海西宁静,
一个男人走进阳光,
看见青海之西闪耀母性之光。他对生命的虔诚,始于一只幼驼
跪吮母乳的姿式。
现在,1999年7月16日早晨。一个男人,

在海西的大地上散步。

他,渴望深入。

(选自《大沽河》2019年第3期)

七日，或次仁罗布[1]（节选）

成 路

第一日，7月26日，格尔木——托拉海子——格尔木市河西农场三团——擦尔汗盐湖。S303，转柳格高速。

1

托拉海子的海水已经远游，留下盐碱的硬壳，等待
如我这样的闯入者踏破，发出好听的声音。这声，引导我向沙地
好吧，仰起头，眼光沿着沙脊向上
胡杨树的遗骸，枯枝，不很茂盛的枝条，昆仑山，太阳黑子，依次地纵深。
我贪婪的恶性想用相机让此刻永恒。我跪在沙坡，
取景框里银灰质的光，像一群人，挣脱恐怖后微笑着从胡杨树遗骸里走出；又像过往的炽焰焚燃未来。

2

诗人陈劲松说，胡杨树的叶子有九种形状，是九种树的生命。
我数叶子，数出了第十种——擦尔汗胡里采盐的舟
这叶舟啊，载有上古的歌谣，载有卤水的毒
卤水在沙子中生成巧克力色的盐花，在深海里生成洁白色的盐花。花朵盛开，为太阳黑子遮阴，谁是持花的人。

---

[1] 次仁罗布，藏语：长寿宝贝。

3

有的毒粘在手上,是清洗不掉的,如梦境中的恶。

我坐在昆仑山下乘着鹰翅遮的凉睡着了,续接十年前失手致人死亡,藏证据,逃匿的旧梦。一支庞大的家族团在搜寻物证,我也参与在其中。他们打开一只装满铁尺子的箱子,说,其中肯定有一条尺子上是车轮痕印和血迹的斑点。我劝告家族团,这些证据已经失效,去别的地方寻找新的吧。其实我知道,这箱子里的某件物质上有我的一枚手纹。

鹰说,这枚手纹上有卤水的毒。

第二日,7月27日,昆仑山南山口乃吉沟大队检查站——纳赤台——西大滩——昆仑山垭口——可可西里——格尔木。G109,转青藏铁路Z6801。

4

千万朵云,如千万条海浪,从山峰背后卷起而来。我与低空飞行的鹰,并行在昆仑山一百九十公里的峰谷里。

我知道,这是鹰在腹腔里积存氧,恒久地去翱翔天空的修行。

鹰头顶着风化的流沙,或者雪,或者冻土,俯视古生海床,以及海床上端坐化的道士。当然,也给道士传递经文。

而侧傍,冻土上羸弱的草,羸弱的花,引导着傲慢的人儿低首,在冰雪水里看清楚自己肮脏的容颜。

而侧傍,四千七百六十八米海拔的阶梯上有孤庙,是否留给我之外的哪位圣人布道。

5

一只苍蝇落在我的手背上的时候——

两只待产的藏羚羊从可可西里的东向西行走,拉着架子车朝圣的一家老幼磕着长头从我背后经过,可哼唱曲子的背包客合着远方火车的汽笛声,看着苍蝇淫笑。

我，只好缓慢地把手和苍蝇挪到头顶，给以光，或者把此刻心里仅持的肃穆，给昆仑山北坡西大滩六月的祭坛。

第三日，7月28日，火车上，经那曲草原——拉萨。

6

五点钟刚过，黑牦牛如裂口的豆粒，在草甸子上撑开天。

我在列车窗口朝向东方望去，逆光中，大地的黑与太阳涂染的光正好形成了鲜明的色差，添加了旅人探进去的神秘。

远山衔接的云是乌云，黑沉沉的向上铺展，突然一道金光插入其中，再向上就是谈白色的云了。在这些丰富的云团中，偶尔会有一片纯蓝的天露出来，像一扇门——有神会走出来的门。如若走出来神，那是掌管什么的神呢？

牦牛，依然只管吃草，也抬头盯视躲在窗后的窥视者，也许仅是抬头……

7

拉萨河的水和岸几乎是平的，湍急地流着。

作家次仁罗布委托两位姑娘献给我，和我的朋友贺黄生的哈达，在吹过紫色格桑花的风中飘起，我视哈达如拉萨河。

（选自《散文诗》2019年第9期）

马山风景石（外一章）

栾承舟

一方石头便浓缩了马山。今日，却于这高山之巅，以哲学老人的睿智，向游人，诉说一亿五千万年以前。

那时，最小的甲壳虫潜卧海底。菌子们乘珍珠船出游。单子叶的水生植物长不出一个春天。

千年万年，就像是海底孢子的一节触须，一经共震就消失了。于是有了陆地的庞大，有了訇然开花的岛子。

鸭嘴兽，朴拙而超然的，俯卧于地，开动物哺乳之始。

常春藤，越过立金花的唇瓣，挽住花树。它们的嫩枝和卷须纠结在一起，呈易经的形式。

还有孔雀的歌唱。美人鱼、蚱蜢和娇小的水仙，都在年青的草地上嬉戏，用桃木做的梳子，向蝗虫进攻。

甚至，叫不出名字的挺拔的乔木，有着细腻、婉约的纹理，继而，用五弦琴演奏，那清越激昂的乐声，如一匹锦缎，披在恐龙肩头，闪闪发光。

热带气候。潮润的风。或圆或扁的鱼。水泡。水生陆生的植物，全被岩浆1200度的巨幅音响，淹没。

一万年过去。一亿年不过去。风的巨手，终于将那一层地质的污垢揭去了。

一切，全不见。天，地，时间，浓缩成一块石头。

各色小草，树木，河流，蚌壳，岩浆，三叶虫，都将声、色、形三味化在了上面，怎么也抹不去了。

有水，似要流出。

有雷，似要升起。

有狐仙的香魂，似要袅袅而出，醉倒一个漂泊的浪子……

瞻即墨大夫石像

即墨大夫治即,勤于政事,朝中谤语日众,现马山国家自然保护区,立其雕像一座。

一种沧桑,一种历史的沧桑,就像忽然从他脚下长出来的绿苔一样,长在他的脸上,长在他的心上,象征意味很浓。

即墨大夫哟,用刀子在你背后割出的伤痕,竟比忧国忧民割出的皱纹还深……

(选自《大沽河》2019年第2期)

对一粒高粱的追怀（外一章）

干海兵

此白色的瓶中囚禁着诗神，亦如小宇宙，最低的回声是削天地的火。

一万颗初乳样的流泉，遇块垒而不迂回。

何曾有块垒？大风坦荡，星辰漂浮于箭杆红樱的手臂，哎，如此飒爽的出击，等他来，等她来……

或用骨头擂那跪着的灵魂。或用血质的潮涌把男人们埋于江山的漩涡。

——不过是一粒红着脸膛的高粱呃，不过是一个不将来路当来路、不将去路当去路的，天下众酒的父亲。

我闻到了季节的香气

月光幻化为酒、露珠幻化为酒、小风滴答，满山满野的香香的初红呦。

她接近了星空，蓄积天籁而深隐不发。

喝一杯酒，万千的美少女下了山岗，敬一杯酒，唢呐燃烧在赤水河的两头。红朴朴的季节呦，我且带你游走四方。

我且告诉你人生不过如此耳的秘密，我且告诉你，茅台镇的高粱长着飞天的翅膀，举头望明月，美酒皆故乡。

河西走廊

高车呢，芨芨草呢，骆驼客呢？

风呢，一去无音讯的楼兰新娘呢，雁阵杳渺。

鸣镝划向最远的星辰。

雪从中原来，裘衣滴落长安的灯火，那些汉的马，胡的马，天

的马,在一千里的伤口上闪烁

　　漫天飞雪啊,独行者凌风而舞,一只玉箫让疲惫的山河起伏。

　　而那些扬长而去的刀和剑呢,那些骨头的酒壶,那些落叶一样碎裂的烽烟呢……

　　大地啊空无一人,似曾来过的只有月亮。

　　月亮,月亮,为河西走廊披上的白的衣裳。

(选自《大沽河》2019年第3期)

新疆行吟（五章）

王芬霞

那拉提的秋天

诗与远方在哪里？在那拉提。

绿波荡漾的草原，是哪位仙女巧手编织的地毯？

膘肥体壮的牛羊，大口大口把季节啃黄。承载着金色使命的秋风，一遍遍梳理着牧草。天光云影，欲把一顶顶白帐篷拣到天边。

挤奶的姑娘，把日子挤得飘香。

从草尖上坠落的露珠，跌落了星星的旧梦。掠过天空的飞鸟，把远方驮得更远。耳畔飘来清脆的歌声，勾起了谁久远的记忆。流向天边的小溪，滋润着纯洁的心灵。白桦树下的姑娘，深情地把远方眺望。

五彩滩

是谁舞动了彩虹的画笔，描绘出如此美丽的画图？是谁掀翻了上帝的调色板，为五彩滩着色？

置身五彩滩，心中可有最美的画？

一条河，宛如一条玉带。一边是郁郁葱葱的树林，一边是色彩斑斓的雅丹地貌。一个是王子，一个是公主。深情相望又互相问候。

风情万种的五彩滩呀，浸透了多少五彩的时光！树林里飞出的彩色的鸟，为谁在传递信息？

在这金色的秋天，在这多梦的季节，我想把五彩滩复制，我想把这美打包，与你一起分享。

赛里木湖

青山眺望你的容颜，绿草拥抱你的芳华。

天边的月亮，与水中的月亮凝眸相望。蓝宝石般的赛里木，有多少深情，才能汇聚成爱之湖。

舒展的白云，荡漾纯真的笑脸。阵阵涟漪，撩动心中久远的思绪。掬一捧甘甜的水，我看见了日月星辰，我看见了鲜花朵朵，我看见了华盖如云。

赛里木湖，你可知道我的真情，你可看见了我跋涉的身影。我追寻的脚步，你可看见了我激动的泪水。

赛里木湖，我用你的洁净，洗涤我的身心；我用你的真情，呼唤远去的心灵；我用你的善良，回馈万物生灵。

赛里木湖，如果你是大西洋最后一滴泪，你在为谁忧伤？

天山天池

天池，一定在高处，一定在远离尘埃的清静之处。

一定离天很近。

那荡起野花的碧水，正在掬出身体里的纯净。端坐云端的神啊，可看见了天使的面孔？

我的脚步，不愿惊动这四周的宁静。风，不要打扰野花的秋梦，不要扭动绿草的腰肢。我想把一些心事，晾晒在湖面；我想像神一样，看到天使般的面孔，抑或魔鬼般的丑陋。

行走在高处，心怀纯净的人，这湖水，就会走进你的眸子，走进你的心田。

吐鲁番的葡萄

吐鲁番的风是甜的，吐鲁番的太阳是甜的，吐鲁番的土壤是甜的。吐鲁番能长出甜甜的葡萄。吐鲁番的葡萄，把心儿甜醉。

吐鲁番的葡萄,有太阳的味道,月亮的晶莹。

葡萄架下,各色葡萄应有尽有——

马奶子、无核白、红葡萄、淑女红、火焰无核……

葡萄沟,泛着琥珀般的涟漪。

一颗颗葡萄,是谁遗落的珍珠?是谁深情的眸子?

吐鲁番,我是火焰山刮来的一缕热风,我愿带走你的温情和甜蜜。

(选自《兰州日报》2019年10月15日)

迎 迓（外一章）

支 禄

一声骏马嘶鸣，天空翎羽纷纷。

坐上敕勒车，赶往天边边，迎迓，一次壮丽的日出。

热爱一株蓬蒿，远方飞来的小客人，比转眼而过的云实在，比日落日升感觉更加可靠；热爱草原上的土著，一只蚂蚁从窗前经过时给我拱手作揖，憨憨的模样总让人泪光满面；一只蜥蜴早已和我握手言和，我也忘记它昨夜在酒桌上翻来覆去的捣乱；还有说不上名字的蛐蛐，用翅膀说着时间背面的事情。

再卑微的生命，有权利选择一次庄严地出征。

望着窗外，风中，匆匆忙忙的过路人，

在乌拉盖草原，太阳落下的地方是你到达的地方吗？

怀揣盘缠，背着蒲包。

一路上，为何沉默不语？

风 来

一行青鸟挟着遍地水草的诗句射向蓝天。

古铜色的光芒代替美丽的羽毛纷纷落下。

风来，一河的浩浩荡荡。

一边落日，

一边月升，

一棵树的苍凉，深入骨髓。

扎根，喊醒，

早些年埋葬草原的马骨。

空阔之外，沿着乌拉盖边缘的月光，渐进草原的南风染绿串串鸟鸣。

　　顿时，沿河套而来的风代替长鞭的吆喝，让马骨起身，踏上征程，赶赴雪山。

　　草原上，鸟声有点少，

　　从高高的云端驮些回来。

（选自《星星·散文诗》2019 年第 9 期）

田横祭海（外一章）

张晓林

日已东升。

风在吹，呼啦啦的各色旗帜，像天鹅，在飞。

所有的牺牲一字排开，所有的酒坛，一一打开。

所有的船，所有的人，都在期盼着，

这一刻！

终于，金风起了；

有乐奏了；

有红红火火的鞭炮，开出十万朵响着的牡丹了；

锣鼓声，欢呼声，大海的波涛声，开出十万朵百万朵鲜红的玫瑰了；

甜蜜啊，美好啊，富足啊，期盼和祝福啊，在人和岁月的田野，延续了千年，

今日，终于开花了！

照亮了黄海之滨的每一片云朵，每一片树叶，每一张笑脸……

就连那高挂的渔网，都像身边欢呼的少女，婀娜着娇娆的身段……

走进雄崖所

这个下午，有土地的温热，袅然上升。

雄崖所，每一块方砖，都穿着明代肤色。

此时，乡野间夏日葱茏，秋毫无犯。

没有烟火，不是要塞，它是历史，一个名字，或一个句点，一个逗号，如此，而已。

没有惊呼,没有审视的目光闪闪。一弯新月,看着剑戟如水,除此之外,无有,其他。

这个下午,很静。

年长日深,雄崖所,你体内的寒凉,想必越来越少了吧!

(选自《大沽河》2019年第1期)

古夜郎国,大写的诗篇

宋晓杰

从哪儿说起呢,你这文明的"殷墟"是佐证,青铜一般泛着内敛、旷达的光芒。你的沉静里有强大的磁场、有宇宙的洪荒。你的辉光如微缩的苍穹,把古国的万物,轻轻罩上。山水间杂沓的万马息止了嘶鸣,远古的闪电雷霆顿时失声。

我没有见识过你的锦绣,没有领略过你的繁华,但是,那有什么关系呢?我知道,一落地,你就身价百倍,万里河川洒满耀眼的荣光。我是磨磨蹭蹭的迟到者,只在微小的尘泥间移动着双膝。不过,炽热的情感是我回馈予你的无限敬意。

2004年,我们初相见。然后,我们失散……

14年,是光影交错的小小区间,来来回回的时光专列运载着柴米油盐、指甲盖儿大小的离合悲欢;14年,历史与现实的意义,却也被放大至无限。这一回,遥遥地,我循着你的气息而来。不早,也不迟——恰是最能体会人间冷暖的中年,恰似专门为我预留了易敏的情感时空,把你的前世今生仔细地探看。

曾几何时,河水中多了血色,山岭上少了峭岩。兵燹之地,烟尘俱灭,天边的残阳中,猎猎的旗帜依然高悬。战国,战争总归要结束,诡谲的风云终将四散。你看!一朵含笑的小花,依然在蹄窝儿间,扬起小脸。

丘陵层层叠叠,像千回百转的抒情。河流潺潺缓缓,像有故事的人,欲说还休,无语忘言。

乌江、乌蒙山——并不呜咽。它们压低了嗓音,是因为它们把珍宝的玉石,轻轻含在口中。

西南地区。少数民族先民。第一个国家。300年的历史。这一个个关键词条,令我瞠目。你却如万古之谜,消失于苍茫之间。

不！你没有消失，你还在——在后人的眼里，在我们的心中——如苞芽之于花朵、花朵之于果实，你像云雾幻化为喜雨、甘霖，以不同的方式呈现，依然默默地润养着万物和人间。

水土不服，是没有道理的。你的喀斯特地貌和我的北方黑土，承载着同样的命运，担承着同样的悲欢。但是，我没有你坚强、勇敢。是你，以鲜血为工农红军的旗帜增色，为劳苦大众送去温暖。你如慈爱的母亲，把纵横交错的群山、寒夜中的黎民，一一拥入怀中。

往事已远，你神秘的面纱依稀可见。我不忍心惊扰你的平静，时空的隧道愈深愈远愈无穷。苦难终于过去了——唯愿你如一枚沉浸的书签，隐身于历史的巨著之中——岁月静如太古，时光的针尖上，再也没有尖锐的疼……

赫章！夜郎！你本身就是一部大写的诗篇。"循你尘世的历程，我们的赞美涌向你的星辰。"歌咏与传诵，最终，你成为我们仰望的模样。

"杨花落尽子归啼，闻道龙标过五溪。我寄愁心与明月，随风直到夜郎西。"这是李白的诗。千百年来，它如汤汤逝水萦绕在心头。他懂得我们没有说出的隐衷——解药，直抵疼痛的患处。

啊，赫章！夜郎！一部卷帙浩繁的经典，缓缓打开，如人间的颂歌，被世人反复传唱……

（选自《新时代散文诗》2019年创刊号）

长城（外一章）

刘向民

砖，方形的，规规矩矩的，有着鲜明的棱角。

规规矩矩的集聚，垒起一堵又一堵墙。

从大海里，越过山岭，越过沟壑，穿过村落，穿过田地，一直到大漠。

拓展。蜿蜒。冷漠。温暖。

一边是海水。一边是火焰。

泥土经历了火，经历了手，从土地上站立起来。

一块砖又一块砖，一直向上，就没有了自己的高度。

抵挡了来自北方的风和雪，以及驰骋的快马，横飞的箭簇，啸啸的呼喊声。

时光潇潇，坚硬的砖有些剥落，或是一只箭头嵌入其中，或是滚烫的血喷薄而出，滴着夕阳般红的鲜血。

听风，沐雪。一直忍耐着。

大 河

大河东去。从皑皑雪山，越过辽阔的草原，辽阔的时光。

一滴一滴的水，默默地，汇成一条条清澈的溪流。

缓缓地，从草叶的边缘，从花朵的馨香，汇聚成滔滔的河流。

跌宕。从高山跳跃，从峡谷直落，将内心的激情，迸发成灿烂的彩虹。

那些高山的魂魄，那些岩浆的激情，那些苍鹰的嘶鸣，都充斥着大河。

高山的石，高坡的沙。

穿越时空，越过阳光，让辽阔更加辽阔，让寂静爆发雷鸣，使灵魂滔天。

大河的气概。浩浩荡荡

（选自《中国诗人》2019 年第 1 卷）

拜谒千年酸枣树(外一章)

鲁本胜

一身疤痕,一千五百年的沧桑余绪。
让春风起;让耳,
开出茧花。
骨子里的敬畏,在这棵树,占尽风流。

燃烧的牡丹

四月的牡丹,在唐朝,雍容华贵。
漫过这个春天。
红的激情,白的素洁,紫的神秘,粉的雅致……
每一次盛放,空阔无染。
开,轰轰烈烈,倾国倾城。
落,香魂不散,惊心动魄。

(选自《青岛文学》2019年第12期)

壶口：黄河秘语

高 伟

一

说到黄河，词语弱小到不足以撑起它所描述的事物。

有一天在壶口，黄河就在我的右手边。这时它是不温驯的。我来看的就是它的不温驯。

它的野性是属灵的，像野兽。我认出了我生命中也有这样一匹。

黄河在咆哮，咆它自己想咆的哮，神的逻辑在它的生命中呈现。

咆哮的黄河是多么的美呵！水的原子，其实也是组成我生命的原子。我感到组成我生命的原子也变成了一条黄河。这个没有姓氏和名称的自己，没有身份的认同，与万物是统一的。

黄河把自己的身子抛起又落下，一路走一路碎掉自己。白沫子，像李白写诗时飘扬的头发。

黄河就是我血液里面的枭雄。

我感到我比黄河还想碎掉自己，碎掉那个实质上比细菌还小的，却被我无限放大的那个小我，全世界只有我自己疼爱的这个小我。

碎掉自己是多么的痛快呵，像碎掉那些伤害了我的幻象。

我站在岸边想事情。生活中很重要的部分反而是消失的。

如果我不能看到一条河的本质，我就什么也没有看见。

二

说到黄河，我想起这个词里面的性格和灵魂，它的私生活，它的经络与血型。

说到黄河是一条命，就不能不说黄河的心。它的心不是水泵，是血液在津动。

黄河才是这样悲壮的一条命。黄河才是一条神话的河流。黄河才是一条感情的河流。

它的疼痛，是一条肉体生命的疼痛。我敢肯定，黄河的心是疼的。它流经了多久就心疼了多久。

黄河的疼我全疼过。

心不疼，那还叫心吗？

黄河的苦难就是人类的苦难。

人类是用眼睛来流泪的，黄河用它的流水替人类流。生命有泪，黄河就会汩汩地流呵。

它不仅直白地流，还分叉地流；不仅在高原上流，还在平原上流；不仅用雪水流，还用化了的水接着流；不仅会从高处往下瀑布那样地流，还会在低矮之处默默地流。

它一路流经，永远活在它自己的当下。

留下它的过去和未来，记录在诗人的诗行里面。

人类有多苦，有关黄河的诗歌就有多深重。人类有多罪，有关黄河的篇章就有多救赎。人类有多狂野，有关黄河的神话就有多悲壮。

三

一生中我两次写到黄河。

第一次写到黄河，我年轻，年轻到轻狂。

这是我无法躲避的时辰，狂是我的食物。

我在黄河边，年轻的心比黄河水还浑浊，

心比天高意志比黄河之水还磅礴，黄河是供我的梦想来游泳的。

我不知我必须死几次，否则无法活下去。

我不知道猫为什么有九条命，就是因为人也要死九次，才能换回一次真活。

现在我已老旧，命比纸薄。一路食用伤口里的血，比黄河水还多的血。

死里逃生。死里逃生是我唯一的生。

第二次写到黄河，我已安静。坐在黄河边，像一个字典里面臣服下来的词。

我在这首诗里容许了一切。

人类所有的罪都是我的罪。如果我还有痛苦，就是因为我的命里还有垃圾。

如果我不排除我的垃圾，疼痛就是我的职责。

如果黄河是用来洗涤罪性的，那么就先洗涤我的罪。我要低下头去，以免再左盼右顾。

我不再重要，要别人眼里的重要又能怎么样？

我要一路写诗，一直写到黄河的源头，为了让自己成为自己的源头。

（选自《青岛文学》2019年第2期）

石塘林记

包玉平

1

第四纪晚古。

一场自杀式的爆炸，方圆20公里附近的岩石，全部成了熔岩，成了骸骨，亡灵。

沧桑，大兴安岭。

火山，死一样的寂静。

天空，格外瓦蓝。

人间宁谧，安好。

这时，才能清晰听得见流水，看得见、也能捕捉到花蕾炸裂的声音，在蝴蝶翅羽的花纹上，花朵，急切肆意爆裂。

急切消弭。

在人世间，如此反复着：我们的梦幻。

眼前，山坡上，一丝不挂的火山熔岩，模仿着猛兽奔突的动作，模仿着自由，民主，在一座山与另一座山之间，似乎在自由出入，于是，一只从灌木丛，蓦然出现的狍子变成了

一道闪电。

乌云，穿越时空，保持着柔软的翔姿，绕过青色崖壁时，云朵，在留恋，抽丝，飘渺隐去。

鸦群散漫，拍打殓衣般的双翅，艰难穿越山体，熔岩，正在嘶哑鸣叫……栈道里，拾级而上的旅人，甩动疲惫的假肢，汗流浃背，气喘吁吁。

火山岩，四处散落着我们

一生的疑问，也不时在模仿我们的奔跑，坐姿，醉态，和我们的追求，模仿我们曾经为爱，变成

一块墓碑，

一片黑夜。

2

在这里，每一块熔岩，是一条漆黑的

毛色沉沉的，

——蒙古笨狗，盯着周围，盯着远方：

是一个黑透、变态的安静。

或许，有朝一日，如若我回到科尔沁草原，会引起黑色笨狗的恐慌，和吠叫。

3

在这深山里，到处都是火山愤怒过的面孔。

大火高温过后，淬炼过的事物，应运而生的蜂窝里，是我们拔走的，许多钉子的孔洞，是我们

曾经燃烧过的

一粒火的印记，细孔里，穴居着我们的

过往，冷暖。

——那些蜜蜂，早已把我们的

苦和泪，爱和恨搬运到

另一些巢穴中，并还在一直不断地搬动，使得我们，不停地去苦苦，寻找——

这时，从熔岩缝隙中，蓦然钻出来的，不是蕨类植物（原始低等植物——地衣苔藓或高等植物）：

而是古人，和我们。

（选自《散文诗》2019年第8期）

玛曲行吟

牧 风

伏瞻草原,夏日的阿万仓湿地,沉寂而宁静,远处鹰隼张开亮羽,如云朵里寄来的信笺,铺展在阿万仓空旷的胸膛上。那风在鹰笛的歌吟中呜咽了,而牧帐里的酒歌随炊烟升起。

外香寺湮没在众僧的祈祷声中。大美玛曲,像阳光下撩开的古铜之躯,和风中泛动神秘的传说。

落入眼眸的是河曲宝马娇健的身影,只有马匹,在沉思中迅疾地跃出山谷,望空嘶鸣,承载雪域最浓烈的生命恋歌!在格萨尔赛马大会上呈现一群王者的狂飙。花瓣已飞翔在西梅朵赫塘迷人的臂弯,诗和远方,在脑海里反复碰撞融合,在海拔三千米以上的欧拉秀玛,只有敬畏生命的高贵。

穿透雾霾,执着地奔向远方。沿途青草唤醒耳朵和眸光,那天边游走的羊群,寂寞的食草神,今夜把头颅和灵魂安放在这偌大的花海,让游子的心沁入花瓣的内心迷醉不醒。

背倚阿尼玛卿雪山,那连绵起伏的云朵环绕的帐篷,一个欢快的游历者在西梅朵合塘的心脏沉吟不归!在黄河南岸,远眺牛羊如一串串诗意锻造的美妙精句,在牧人抬头仰望苍穹时,发出苍凉的慨叹!西梅朵合塘在盛夏呈现五彩霓裳。一个相约的歌者,挥舞着牧鞭,在青青牧场厮守一场约定的爱情。云朵和花草都压得很低,空气有些清新,背靠阳光伫立,等风来……

远走思绪凝固的乔科湿地,把一曲牧歌装入晨曦的行囊。

驻足尕玛梁,那首曲就是曦光里最美的抒情,在鹰笛悠悠中把哈达一样柔软的身子,安放在草原裸露的心口。

面对格萨尔说唱的凝重和悠远,心思已沉入千年雪域的演进史。飞鹰喧嚣,民歌嘹亮,骨笛呜咽,飓风吹皱云海,宗喀石林如一片片利器，将欧拉秀玛辽阔之躯，划成南北沟壑，让向东的黄河瞬间改变流向，把成吨的水滴洒向青海的腹地，一路高歌向西。

（选自《大公报》2019年9月8日）

晋　祠

李　需

晋祠，在三千年的远方，一泉潺湲。稻黍和梦。遥远的星光。

一个叫唐叔虞的长者。一手搂定悬瓮山，一手搂定迤逦的岁月。还有，黎民粗犷地喘息。

以礼，以仪，以古朴的风。

以爱，以温暖，以山脉之起伏的秩序。

让千年万代之天下，始有晋。

晋祠之内，周柏苍翠，唐槐葱郁，延伸着时间的寥廓。亭台楼阁，雕龙画凤，演绎着历史的恢弘。

鱼沼飞梁，是远古穿越至现代的见证。圣母仕女，泥彩釉光，跳荡着创造的光芒。

宋朝的露滴，还在闪烁。

元代的小令，还在弥漫。

宛如一种日久弥新的铺排，宛如岩层上的灯盏。一边是仪态万方的皇家园林，一边是一衣带水的田园风光。

黄河琴抚，素绢拂袖。

太行舞墨，氤氲渺渺。

晋祠，在三千年之后的今天，依然如三晋文化之沸点。

用一种腾挪、跳荡的优雅，入云，入霄汉。

抑或，只是用一种沉默和简约，静水流深，花红柳绿。

（选自"中国散文诗研究中心"公众号2019年8月2日）

黄 鸟

白 麟

悲歌最先从黄鸟的尖叫里蔓延开来——

交交——悄悄、交交——啾啾……

一阵土风扬起,重重落在骇人的大棺上。

抬棺人心头又压了一层石头。

高天瓦蓝瓦蓝,棺盖上的漆色愈发黑亮。穆公狰狞的眼神,霸业未竟的喟叹!这些殉葬的臣民真能与他黄泉再襄盛举?

金龙在棺侧的大红衬板上昂头,却再也冲不出土浪开始填埋的偌大的坟场。泪水的暗河,顷刻湮灭"三良"[1]和170多名陪葬者的命脉,最后挣扎的手势惊得枝头黄鸟夺路而逃——

棘刺剐下的几根羽毛,落叶般在风中踉跄了几下,一头栽进墓穴深处……

还在怀春的女子绝望的偷泣,唤起地缝偷生的野蔓,匍匐在整个渭北高原。

这平阔膴膴的周原,这堇荼如饴的雍州,这始皇发轫的秦先都啊!

啼血的黄鸟,不死的黄鸟,翅下屈死的魂灵蕴集地狱的野火。

连绵的黍禾下是厚实的土层,厚实的土层下是"中"字型的大墓;大墓下掩藏着一个雄心勃勃的大国:秦。

一把锋矛横空而立600年,青铜"中国"才从这里矗立起来,在血泊中行吟,在血腥中扩张,在血海中气吞八荒!

黄鸟见证了那个荒蛮的时代,优美的《诗经》在这里不忍卒读!

展览馆的墙框里,一支黄色的小铜鸟镶嵌在历史深处;

射灯照亮黄鸟哑然的黄口,它的翅膀里藏着一个王朝的背影。

谁来把黄鸟的嘴掰开,让封口两千多年的先秦叫出疼来——

交交——嗷嗷、交交——哟哟……

[1]"三良":指陪葬的子车奄息、子车仲行、子鍼虎三兄弟。

（选自《大沽河》2019年第4期）

海草房

王忠友

一个古老的梦,在海边蹲着。

大海深处,是你的根须。

阳光丰富的海岸,裁下一缕一绺,纵横交错,遮风挡雨,海底辽阔……

轻轻地走进,仿佛传来一种远古的叹息。房子空了,还暗藏着大海的起伏。裂着

口子,一脸沧桑,像一个明哲保身的老头,怀揣万亩大海的阳光,是炊烟的守望,也是

渔猎的姿势,允许船慢慢老去。

没有梦,我们注定像飘摇的鸥鸟,海面流浪。

这个秋天最好的下午。水鸟叨着风,栖息或歌唱,惊起微澜。撑起一个古老的村落。

一根根细小的草须,幽暗的光芒,点亮遗失的文明碎片,古老的乡愁。不恐惧,不悲伤,轻轻晃动。指引一只船缓缓蠕动。

谁说大海就一定不能平静?

(选自《青岛文学》2019年第8期)

南洲之夜

湖南锈才

夜幕降临。

萤火到处串联,煽风点火;小南风果然来了,像南县妹子的呢喃。

先是几声响亮的蛙鸣,像是报幕,又像领唱;接着是蝈蝈,不知名的小虫,不甘示弱集体出场,弹一曲盛大的《大自然奏鸣曲》。

鸡鸭入笼,牛羊归栏;阿公"呼呼"抽着水烟筒,气色很好;娭毑烧火,儿媳妇炒菜,竹笋腊肉,香气四溢;细伢子在灯下写字,一笔一画都很粗重,那些四方格子总是太小。

男人在南洲河边打鱼,那里渔火点点,

泥鳅,黄鳝,河蟹,小鱼虾,田螺都出来了……

南洲的夜,真实得像一个童话。

这夜色,多么好!

(选自《散文诗世界》2019年第7期)

大容山见闻（外一章）

庞　白

仍然会有细雨，在天上飘，沾湿头发；

仍然会有轻风，在山涧流，送来温柔；

山石仍然粗犷，竖立山之上；山色仍然收敛，隐藏清香深处。

仍然会不期而遇三五鸟鸣，响于树梢，它们只回应生机，不惊动寂静；仍然会有冬寒从山顶压下来，春暖在山底迎上去；仍然会有生命萌动的声音在泥土、山石和草木中，拔节。

空山幽谷，一刻不停进行着万千变化。

那变化是山中的浓翠，是云海的呼吸，与自然生长的声音融为一体后阴霾里迅速蔓延的艳丽无边。

南湖边，柳树下

那棵柳树看尽了人间的生离死别和无常变幻。

而春天的气息仍盛：花落了，泥土收藏了花朵的娇艳；冬天来了，云彩留下了往日的痕迹。

谁的双手，在这里，掩埋半生酸涩，又把下辈子的沉默注入不动声色的湖水之中？这株柳树，那么老！它站在遍体鳞伤中。

它满身皱纹里，有瓷器破碎的声音。那清脆的声音，如细雨，在天地间纷飞。

那声音，有一天，突然，如山洪暴发，以迅雷不及掩耳之势，泛滥下来。

而青山依旧在，几度夕阳红——

"用你苍凉的双手，擦去我脸上的青翠！"

（选自《星星·散文诗》2019年第9期）

西梅朵塘

杜 娟

在西梅朵塘[1]，我们适合像溪水一样，不经意流过草丛，适合像黄色的小花，随意去盖住山谷，盖住大地，适合坐在草地上喝青稞酒，吃手抓羊肉，适合有一顶帐篷，让牛粪火烧开酥油茶，还适合跨上一匹马，绕过山梁去迎合一首幽会的牧歌。

可以想象，西梅朵塘的前世和今生都在这里。

现在是夏天，山泉引路，青草像一个方向，羊群漫无目的地移动，不时从草丛抬头，咩咩叫上两声。

阳光向东，一只鹰向西，它越过雪山，在奋力飞向风尘之外。

天泛着蓝光，白云在飘，蝴蝶和花朵呈现出世界最初的状态。

另外的事物，来自远处的亚邦雪山。雪山虚怀若谷，在山峦中孑立，浓雾和冰雪经历过深刻的现实。鹰的盘旋是一个过程，它在复原原始的迂回，经过许多事物之后，思想渐行渐远。

马群集体饮水，放牧的汉子放下手里的炮嘎[2]，坐在草地上，在小龙碗里拌起了藏粑，酥油的味道混合到空气里，蜜蜂飞舞。

马在小溪边挪动脚步，一首民歌从远处传来，歌声里有岁月的烙印，有往事和生活的肺腑之言。

天空包容一切，大地保留了信仰和依赖。

在草原席地而坐，我了解蓝天下的植物和生活，了解坚持过的信念，生动的事物，能不动声色地为人间抒情。

我认为，每一个原始的环境，我想称它为西梅朵塘。

注：[1]西梅朵塘，海拔三千多米，位于甘肃省甘南州玛曲县城以西120公里处的欧拉秀玛乡，是地势平坦的山谷滩地，牧草丰美，溪流漫延其中，草原绵延数十公里。每年六月到九月间，盛开不同颜色不同形状的花朵，遍地繁花争艳，楚楚动人。[2]炮嘎，牧民放牧时使用的一种远距离驱赶牲畜的工具。

（选自《甘南日报》2019年12月2日）

鱼一样游着

郭长玉

人最初的呼吸,诞生于水。

哗哗的水声,从若干世纪前漫过来,被浸润的瓷器、青铜器和亭台楼阁,以及人类所有梦想的寄存处,都涌动起鱼们漂亮的泳姿。

鱼一样游着,先民们以这种方式,把岁月变成海。

风,呼啸掠过;浪,滔天闪过。云帆猎猎抑或桅杆折断之处,鱼们处变不惊。只一个习惯性侧身,逆向的水流就唱起温柔的渔歌。

色彩斑斓的灯火,在岸上,扭动妖冶的舞姿。诱惑,以光的速度,从座座邂逅的城市射出,与潮汐为伍。就这样不停地穿越海水以外的物质,鱼们的旅程没有终点。

(选自《大沽河》2019年第1期)

丹江口水库情思

草馨儿

铺在路边的是鲜花,挂在天边的是云花,开在水里的是浪花。

走进你,便走进了无边无际的蓝。蓝得让人屏息,让人震撼,让人误以为是闯入了一片海,一片洋,或者一个梦。

说你是海,你是汉水和丹水在这里牵手的一片辽阔;

说你是洋,你是润泽京津冀地区人民心田的一汪深情;

说你是梦,你是见证中华民族再次辉煌崛起的一个构想。

远离喧嚣,不争论,不标榜,不抱怨,只是安静地坐着,默默地涵养自己。以青山为傲骨,借蓝天为云裳,留给世界一个最纯粹最洁净的背影。

无论是过客还是归人,都可以在这里沉醉,真切地感受你的博大和美丽。

而我,在你面前,只想化着一滴水,融入其中。或者,化着一只水鸟,终日不倦地守护着你,守住这一库水的清澈,守住这一汪洋的深情,守住这一份海的辽阔。

(选自《天山时报》2019年第288期)

生命的喀斯特（二章）

牛依河

喀斯特群山

我把脸庞，镌刻在这桂西喀斯特群山的一块石头上！

这夏天的南方，潮湿多雨，我抚去脸上的雨水和尘埃，像忘却掉疼痛和泪水。

我打开心扉，一群山羊闯入我的世界，在石头与石头之间跳跃，在我生命的琴键上，留下力量的变奏！

高高的喀斯特群峰，我就是你的一部分！

云在变换，你的无声便是我的静默！

鸟在鸣唱，你的回音便是我的歌声！

青山长青，你的深长就是我的命运！

石在坚守，你的无期便是我的永恒！

黄金粥

金黄的玉米粒被送进时光的石磨，碾磨成粉！

黑色的锅头架在老家的灶台上，世俗而平凡的干柴烈火，煮滚了一锅山泉。母亲左手均匀地把金黄的玉米粉抖落进锅里，右手持着搅棍棒，搅拌着。

这是某一个午后，金色的阳光从瓦漏里射在锅头上，从母亲指尖被抖落的玉米粉，像另一束阳光，洒落下去，在澄澈而滚烫的山泉中被搅动，瞬间，锅里的山泉变成了粘稠而金黄色的糊状，噗噜噗噜地冒着气泡！

你迫不及待,舀了一碗吃上,小嘴巴被烫得嗷嗷叫。

多年后,你如法炮制,在城市的厨房里煮了这样一锅黄金粥。你盛起一碗,嘴巴顺着碗沿,趁热深深吸了一口,你的眼泪瞬间滚落了下来,这让人分不清,到底你是被那热乎乎的黄金粥烫了嘴,还是因为被什么事物触动了心弦。你抬头望见窗户玻璃的反光里,一个中年男子轮廓清晰,冒着乡土的气息!

(选自《大化文艺》2019年夏季号)

长沙旧事(外二章)

张 元

大雨来临的时候,我忘记了你的名字。

你是比春天更珍贵的心跳,在天空中,没有彩虹忽略你的样子。这种期待已经很久了,你知道,有些回忆是可耻的。

可在潮汐赶来之前出发,哪一朵浪花,会是我的遗嘱。很多的风暴死去,但我,还不允许你衰老。

海鸟成群飞过时,连同你的不安成为历史。那么多的人死去了,我还活着;那么多的事忘记了,你还记得。桃花满树时,如同黄昏的信使,我将写下时间,关于你的,沧海桑田。

我只爱了你一次。一次,就是一生。

湘西古调

故事已经结束很久了,看见玫瑰,从此,爱上了整座花园。

我并不能分清花朵的种类,很多的暗香,只字不提。但我记住了落叶,每一片脉络,都是我想要的石头。

可以打渔、采茶、饮酒赋诗,唯独不要提起从前。月亮落满了尘埃,那么多星星,至今下落不明。

如果你还记得花瓣,就不要在春天忘记。

只有荒凉看见了种子的分娩,无数嘱托,不敢唤醒沉睡的爱人。发霉的声音里有你熟悉的旋律。

你要去哪里,我站在风中,空无一人。

岳阳码头

终于忘记了承诺,关于忧伤,到处都是良辰美景。

和你一样，我正在学习接受，将第一万次离开，成为一个缺席的罪人。面对春天，已经无话可说。

迟到的芬芳没有复述出花园，为什么海水退去，我却没有看见影子。彩虹里的森林，长出了日子，虚构的皱纹。

风每吹起一寸，黄昏就老掉一分。谁会是永生的天使，做我不败的对手？

夕阳在河流里匍匐，芦苇布满伤口。咿咿呀呀的戏文中，大幕拉起，主角哪个不是自己。

（选自《散文诗》2019年第7期）

消失的船队

张 毅

自海面升起的船队,在与太阳相反的航程里。
鱼形花瓶,波斯人的眼。往事吃水很深。
风暴中心,船队像战士的队列:庞大,宁静。
失传的玉器被制成手镯,倾国的美人黯然失色。

一支船队在风暴里能走多远?我结网的手恐惧不安。
我的心是一只铁锚,发出冷峻的声音,瞬间穿过了大海。
船队以落日的速度沉没,如同我从童年返回海面。

如果将沉船与上升串在一起,中间的历史被白雪映照,
东方是一串失落的珍珠,被海盗搁在神的瓷盘上,
没有一只手将它取回。一切极为相似:海和花园。人与动物。
你躲过风暴却遇上天火。

海水上升,波涛覆盖了大地,我童年抛出的缆绳,至今没有着落。海的幽深是鱼的眼神,告诉我的。
多年后,我仍能看清那些水纹。
清晰的水纹,刻在心灵的岩石上。

我从海上归来,
关于船队的消息,我只字不提。

(选自《大沽河》2019年第1期)

夜郎辞

陈　俊

1

仿佛，此刻，我无法证明自身，陷入围猎之境。
或如山中迷失的小兽，在惶惶奔走里有无限的新奇和孤独。
一封从小学课本里开出的介绍信，为我指认了拜访的急切与正当。
不再需要银子，面相，官阶。
这穷途突遇仙女般的窃喜，这误入桃花源的兴奋。
这夜郎自大之地，围障重重的高山大岭之中。
仿佛，梦境，甘心情愿自投罗网而来。

2

千年前，在夜郎，我应该是一个美男子，我无法说出我在重山之中的渺小。
我的山峦蜿蜒重叠，落日含金，我的天空湛蓝欲滴，山高岭大，河流磅礴，草野无边。
时间勾画了围栏，无力逼视中原的辽阔，以山高遮目，自大。
自恋到一叶遮目，我愿逍遥其中，千年一醉，千年不醒。

3

走在夜郎的山道、石径，仰视和俯瞰，我带着寻寻觅觅的心窗勘误。
乱云飞渡，野花迷离。
不断走失自己，不断找回。
行走，多么美好的字眼，开一朵出世之花，白云无心，随风来去。

这流放之地，虎狼之窝，也

适合放下，静心，适合修行。

4

大地之上永远代我们珍藏着未知的秘笈。

打开懵懂之心，在慌乱的日子里，给我们发现神迹的光亮。

当我们与飞鸟同渡，与云朵同渡，与暮色同渡，我们落在重山之上的是一声声惊叹和对大地的感恩。草甸、河流，还有村庄。一个人站在残存的城门楼上，我不是一位大将或彝人，我的重山藏不住那十万兵马，藏不住锋芒的刀剑和峭壁。

街道上人来人往，城墙上插着一些各色的旗帜。这落日苍茫之时，我以目光之痛洒水施肥。

祭文、石刻、献祭、酬愿、做斋、禳祓，与衣食裹腹同等重要，都是生长在大地之上的秘密，生长在大地上的庄稼。

5

"我寄愁心与明月，随风直到夜郎西。"我不曾握一握诗仙的手，也不曾对一只面具的城堡惊恐。也许千年前睡去。也许苏醒，忆起时光之殇的痛彻。我不曾对流水止步，在一块石头的温热里探寻古往今年的运命。

古之夜郎，今之赫章。久居内心的图腾，掌心摩娑，粗砺，尖利。高原之上，贵州的脊梁，峻峭的风物，峥嵘无畏，负势竞上。日出日落之间，岁月刚毅，古朴风韵。

（选自《塞上散文诗》2019年第1期）

第三辑

城市灯火

窗前记

语 伞

一

楼群高脚杯一样优雅。

天空有喝酒的醉姿。星星们,因狂喜而隐没。

房间睡了。你走出墙壁,沿着静寂的边缘,散步。

从你身上飞过的蝴蝶、鸦雀,已经变成另外的象征。阳光和空气扮演具体事物,抽象的,是那些尚未抵达的音讯。与你无关的喜剧和悲剧,如幻觉循环,在时辰的缝隙里嵌入复杂的表情,组成一座城市应有的命运和永生。

现在,你替他们醒着——

像某个为了光亮竭尽燃烧的物体。

温度正在加速描绘,风景、记忆、沉吟、路、生死、犹豫……同时引燃那些瞬间,以及我身体里堆砌的废墟和炭木。

种子。森林。言语。砍伐者。

你分饰所有的角色。

远方隐约的篝火,是我们思想最大的自由。

二

站在你之内,眺望。

城市因标志物而获得历史和传说。

而它们在深睡,穿行于人的大脑和思维,驾梦而游。它们重复自己的过去和前程,除非你唤醒一位艺术大师,换一个角度,重建它们的清高和不可一世。

每一种碰上你眼神的事物，将注定被切割：

长方形被切割。正方形被切割。圆形被切割。菱形被切割。矩形被切割。三角形被切割。碎片被切割。尘埃被切割。

我被切割。

用你的名字切割。

太阳不断投射光线，抛出各种刀具。人们排列年、月、日、小时、分秒，在刀刃上行走，途中种下稻谷、玫瑰，豁亮的权利落地，它就拥有了最强的采光效果。

外面的世界报以红绸和鼓乐。

透过玻璃，你有一张花园的脸。距离是一种必需事物。

三

"窗，聪也……"

留白置于边框之外。

你身上有可供深刻研究的美学。

另一幢高楼，有很多另外的你。我把所有的你看成一个整体，豁达、包容，令我探寻的人世秘密，又多了一个出口。

我跟随你的脚步，用你的前额款待假设的明日，用成熟的下午做咖啡，用早晨返回夜晚。有时我拽住一缕烟岚，询问路过的风雨和尘埃，从何处来，往何处去。它们用消失，给我最后的答复。

墙还是墙。影子还是影子。

你有你的存在方式——不眠不休。

你投掷恒定的目光，递给白昼和黑夜同一种生活态度。不偏不倚，遵循轨道、秩序，又以飞翔、旋转。

一把仿古拉手，有时像腿，有时像翅膀，有时像沉默的蜗牛，它们和你一起上升，一起坠落，从你奔向你，从你的黑暗，奔向你的黎明——

迎接你，诠释你，给你音乐、舞蹈和终点。

四

缔造一个小世界，给它孤独。

你把自己凿空，以洞穴的身体，藏匿毕生的影子、光线、气流、思考……你一直裸露眼睛，偶尔使我变成一个音符，跃然在你唇上——

随手可触的寂静。

我在寂静中想念一个人。那个人，必须有颤动着生长的身影和面孔，必须有菠萝和悬崖交换过味道的气息，必须有天空和一张白纸的默契写下的神情，必须在此时患梦游症，从很远的地方赶来，说清楚上辈子，和下辈子。

我失眠了。

和你的失眠相映成趣。

我们一起寻找患梦游症的人吧。当一个城市拥有它的名字、脾气、性格和生命，你就会将你的双腿控制，悄悄地汇入它的节奏。

把你孤独的深渊借给我，由此我们同行。在月亮迷路时，喇叭花羞涩，我们只拾起我们想要的情节。

我们不说话，吃水果，跟随一片落叶，旅行至枯萎。

五

窗帘在这里，饮曼陀罗。

来，穿上你的外套。为我遮蔽羞涩和隐私。

我为你整理褶皱、线条，不让一丝光刺进房间。不是我拒绝光明，我只是想把窗内和窗外分成两个世界，使喧嚷的人声和车鸣，在我的错觉里滋生陌生感。当你脱下外套，我再次注视他们，就不知厌倦。

这疲劳的重复，有橙皮溢出的雾气。

我用鼻翼读香。

"枕上见千里，窗中窥万室。"

争吵的人怨蚂蚁多。缱绻的人惜蝴蝶少。清醒的人在寻找帽子。醉酒的人踩着云朵哭泣。做梦的人都还在梦的外边,相互捉弄。

你双身,有正反两个脸孔,容得下谋划者、告密者、始作俑者。

风吹过你的脊背,我的耳中沙沙作响。

仿佛无人睡觉,他们都在听,同一个屋子里,所有的眼角都爬满了鱼尾纹,与衰老纠缠不休。

(选自《上海诗人》2019年第1期)

悲情城市(三章)

郝子奇

冷 碑

石碑,冷冷地,站着,孤独的树。

流尽血的骨架,在空空的陵园,沉默。

(冲锋号哑了半个世纪。流尽血的身躯不能冲锋了,站在一个城市,成为碑。)

现在。城市已没有弹洞残壁。

疯狂的楼正在包围着解放的人群。耀眼的玻璃,刀刃上的光,刺痛着眼睛。

一块失血的碑,在包围中退到小小的角落。

(不能像当年,舍身去挡疯狂的占领。)

"没有人来了。"

这是一个守门老人的叹息。

(当年的战友都在石碑上刻着。老人总是希望有人来看一看这些名字。)

天就要黑了。只有守园的老人在园子里老着。

园子空空的。没有人来。

石碑,冷冷地,站在一个角落。

只有风在剥落着名字上的理想。

一层一层地剥落。苍老的手捂不住这些落下的碎片,一个老人,站着,

成为碑最后的兄弟。

外面是喧嚣的世界。

老人不语。老人

身后的碑,不语。

这样顽强地站着,不愿倒下。

(担心,倒下去,身后的城市爬不起来。)

深夜 十字路口烧纸的人

拿着纸钱的人,怀揣着故土,在不夜的城市,找着支离破碎的夜色。

(仿佛,夜色可以带他们回家。)

辉煌点亮的时候,城市的夜在灯火阑珊的地方,等待着

离开家乡的人,在夜色中想家。

拿着纸钱的人,在万家灯火的城市,找不到自己的亲人,

(仿佛,亲人已在那片灯火中走散。)

破碎的黑,在灯火中小心地走着。仿佛,那些蹲在路口拿着纸钱的人,在等待,亲人在陌生的路口出现。

依次点亮的灯火,依次在熄灭。

入睡的城市不会在意,几个在十字路口烧纸钱的人,不会在意

烧纸钱的人,痛苦地划亮的小小的

火柴。

这是城市的深夜,喧嚣正在睡去。

风不睡。正在走过路口。

蹲在路口烧纸钱的人不睡,正在划亮最后的火柴。

城市夜晚的黑,被风带走了。

纸钱烧后的灰烬,也是。

(很轻,很轻,仿佛对亲人打开的思念,轻轻地飞翔,不敢惊醒冷冷的城市。)

也有带不走的。风吹着,

纸钱的火苗熄灭了。

划亮火柴的手,被黑暗隐去。

只有，男人的沉默还在醒着。

只有，女人的哭，被风留在了路口，仿佛是一个城市在夜晚无法隐去的

忧伤。

门

他走着，感到了城市的沉重。

孤独刚刚点亮华丽的街灯，汹涌的车流，拍打着一个又一个疲惫的灵魂。

匆匆的地铁呼啸着，吹远了站台上最后的等待。

迪厅的摇滚刚刚响起，口哨的尖叫，让沉重的夜痉挛起来。

快开门……

他走着，感到了城市的旋转。

广告的叶子飞来飞去，覆盖了一层又一层的困惑。

衣不蔽体的美女，从巨大的银屏上挥洒着性感，让整个城市一点点陷落。

飞快的出租车，雀鸟一般，在楼的森林里转来转去，

找不到记忆中如水的月色。

快开门。快开门……

他走着，感到了城市的迷乱。

风暴登陆了吗？

或者，晃动的影子，预示了地震的传言。

海潮一样上涨的，房价，地价，水价，油价，电价，还有菜市场上正在拔毛的鸡子，刚刚离开土地沾着泥巴的菜叶。

一个人，在奔跑中，走成一只蚂蚁。

快开门。快开门。快开门……

（选自《核桃源》2019年第2期）

窗前（外一章）

王 琪

晨光又一次推开一天崭新的时光，鸟鸣唧唧，复又唧唧。窗外依次传来的讯息，令人耳目一新。

高楼投下的巨大阴影，未能掩住草木茂盛。那些安然静止或微微晃动的绿叶，不曾发出任何声响，只把大片明亮的想象，和嗡嗡蜂鸣，如期送到我面前敞开的窗口。

日子葱茏、闪亮起来，看不到青砖灰瓦，看不到旧舍老屋。

无论前后、远近，但见楼宇外面还是楼宇，森林样的幢幢凸现。我置身其中，遥望南山，目光常被罩向头顶的一层层雾霭与灰尘蒙蔽。

时间淡化的斑纹，不在此刻的额头和内心，却正从窗外，步步紧随地靠近我！

不知何年何月何日，每到大梦初醒，像有什么东西藏在体内。郁郁寡欢的时刻，每当循窗而望，即使外面空空如也，我的目光仍执意而淡泊。

花圃内花草盎然，小路上芳香四溢，整个小区滋生出几分意趣纷呈、生机蓬勃的气象。几朵闲云和鸟雀经过空中，去留无痕。

——城市西，已无从前的晦暗。而我，似垂垂老矣。

楼间

楼与楼之间挨挨挤挤，看上去有些密集，但不失宏伟、华美。

城市西的空阔地带或老厂区、城中村之间，一栋栋拔地而起的高楼，亦随日新月异的城市，参天树木般的迅速耸立、成长！

我年复一年守候于此，或穿行其中，却总能看到阳光与雨水、虫鸣与灯辉、人心与人心的距离,被一层一层的楼群隔开、隔远。

——仿若在云端,或天涯。

每呼吸一次,不再那么自由,不比去远郊、野外、山间。从楼群的这一端到那一端,从一条街道到另一条街道,每天,不知因何沉重地活着,离不开城市西。而要突出楼群重围,又为何如此艰难?

很多时候,楼群形如沟壑、深渊,把俗世美好的想象与意念湮没,把无数人看不到底的欲望诱惑!

我站在楼层之上,常遥望远方,而远方,远方比我想象的更为遥远!

每每到了夜晚,我住所的对面楼群,常有万家灯火、笑声朗朗映现。仿佛荡漾着驱散不尽的和睦,仿佛传递着说不完的幸福。

偶有咚咚作响的脚步声,撕心裂肺的哭喊声,莫名其妙的谩骂声,也曾把我从梦中惊醒,令人为之恐惧,那一刻,我厌倦楼群,甚而想逃离楼群!

——逃离楼群,就是逃离这座城市,逃离城市西。但我,时常被无形的尘世牵绊,无法逃离。

东邻西舍,楼上楼下,那些一起居住多年的陌生人,在相见不相识中闪面而过时,我想请问:我们因何形同路人,疏远了那份醇厚且绵长的人间情谊?

(选自《星星·散文诗》2019年第3期)

日 落（外一章）

陈劲松

持烛者放下赞歌，走下高地的圣坛。

金色的灯盏将熄。

暮色垂落大地，是倾泻而下的飞瀑？还是金色的箫声？

是圣殿里垂下的黑丝绒的帷幕？

还是深绿色的湖水？

——就要溢出来了，这湖水将抱紧每一棵云松和它针状的尖叫。

每一棵小草都头顶着一丝苍凉，它们惯于沉默。即使现在粗粝的风吹来了，也敲不响它们胸中的鼓。

花朵沉默，它们用明亮的花香把这个尘世擦拭了一遍，又擦拭了一遍。

坐在十字街心的人

方向即牢笼？十字街心，风吹向四方。

人影幢幢，孤独的人从皮影戏中逃出。

往哪里去呢？街头屏幕上，幻象炫目。

剧集虚构，处处都是贩卖的人。衔枚疾走的蚁群，背负着叵测的坏天气。雨，将来未来。

垂钓者沉入潮湿的暮色里。

沉睡的人被雷声扶出噩梦的深渊……

十字街心，喧嚣的黑色浪花渐渐退去，

那个垂着头久久独坐的人，是一座小小的孤岛。

（选自《青岛文学》2019年第4期）

乐 队

爱 松

大乐队的演奏，似乎想要把一切带往过去。音符在记忆中，慢慢铺展。旋律中有一股，直抵骨髓的强大平和之力。

老屋好久没有下雨了。我的妹妹，附在家堂贮贝器的图腾上。她还在生长，也许她渴望的并不是水，而是降落时候，音符一片片律动的力量。她需要这种力量，她等待着旋律中，这股力量灌进她的身体。她努力想挣脱出来，得借助这股力量，成为这个家族，真正不可或缺的一员，不是在过去，而是现在和未来。

旋律还是将妹妹，带到了过往。莽莽森林，构建着乐曲这个章节的骨架；涓涓水流，穿梭在旋律隆起的山丘之间。古滇城邦的宫殿，在乐曲中隐现，大泽晃荡着大乐队，忘情的合奏……我看到了我的妹妹，她已经褪却了，被音符现代性包裹已久的束缚，站立在干栏式宫殿主殿巨大的青铜柱下。她为我看得到她真正的面容兴奋异常。

旋律回荡着古滇王国，又一个灿烂的黄昏。我却一直没有能够看到自己，也没能见着我父亲，以及这个家族，除了妹妹之外的，哪怕任何一个影子。我突然对乐曲这般平静的行进，有了警觉。我的妹妹对于我突然而生的警惕，也产生了某种不经意的防备。

旋律响起了细微的、额外被什么拉动的杂音，极其细碎的声响，悄悄跟随着大乐队演奏。我的妹妹，朝着并不存在的我，走了过来。

我并不想让她看见，我在过去的不存在。就像她不愿意我，一直死死盯着现代晋虚城南玄村，老屋家堂上，她缠绕着的贮贝器一样。我试图在音符中，寻找一个出口，或者躲避之处。我的妹妹感应得到这些，她跟随着旋律，加快了前来的速度。

我变得惊慌失措，我害怕在旋律中，丧失我和家族存在的依据和可能。我得想办法证明，证明古老旋律中，蕴含的现代性，以及现代性必须保留的古老根脉。

我得告诉我的妹妹，我来自哪里？那里的我，想在旋律承载的逝去记忆中，寻找和证明着什么？

乐曲颠对的换位，来自大乐队高明的演奏技巧。

我的妹妹跟随着节拍，不失时机地在间隙处，停了下来。她已经走到我的跟前。旋律被某种力量放大的效果，和现在我的妹妹，站在并不存在的我的面前，多么相似。当我的耳朵，被巨大的分贝灌注冲击时，我发现了，自己的微茫。不仅如此，当我觉得旋律泄露了我（只是一个意念中的位置）的存在，我又无法确认自己，是否真的就在那里时，妹妹伸出的手，已经稳稳抓住，慌忙逃窜音符中，最末一个虚弱的尾音。

我感觉到自己，被套上了厚厚一层音符的身体，不由自主地在远古的岁月中扭动。就像与我父亲一把抓住的那条黑亮之蛇，在同一个地点的不同时代，被大乐队齐声奏响。

（选自《散文诗》2019年第4期）

冬天的紫雾(外一章)

冷 雪

走进路边的炉火,在一个岩石的裂缝,你隐去如瓷的身体。

一只白色的蝴蝶消逝,只留下一团冬天的紫雾。

就是要把你彻底揉碎,这样模糊的天气,陷落的命运怎样打捞?

走在如水的雾中,看不见向我伸出的双手。

还有更大的风要经过紫雾,还有大厦里的灰尘,以及街道以下的蚂蚁,不可抗拒。

我风干的帽子,正被紫雾的温暖轻轻吹动,就要起程的女人,请你把双脚和灯盏,再次打扫干净。

生命的温度

什么样的光芒能比爱情更为辉煌?

这尘世间的精灵,生命中永恒的温度,持久地滋润着我。

逐渐清晰的足音,逐渐明亮的身体,像岁月泛出的笑意。

冰雪之下的灰尘,冰雪之下的钟声已经消逝,蚂蚁的队伍,浩浩荡荡的力量,浩浩荡荡的福音已伸出枝桠。

什么样的光芒能比爱情更为辉煌?比如友善,比如燃烧的野草,在欲望的注视中将得到怎样的支持?

哪怕是一次短暂的侵袭或呵护,就像流浪中发现了灯盏,自己的一生该是多么整齐而奢侈!

(选自《诗选刊》2019年第2期)

灵魂暗香

刘慧娟

一

你的香味里还残留着苦恋的痕迹,像来不及收拾的命运。

那股香里,有我童年的声音在遥远的地方缭绕,很多次,我手捧一束栀子花,跑进温暖的寓言,迟迟不归。而我毕竟是一个不谙世事的粗心人,一路奔跑,又一路丢失,我失去了风和拐杖,失去了钥匙和翅膀。

我把自己的苦,融进你的香里,生的苦,离的苦,思的苦,想的苦。我想用你的花香掩盖我的疼痛,更多时候,我借你的灼灼芳华,修饰忧伤。

本以为尘世善良,大地仁厚宅心,谁知红尘峭拔,处处隐藏险情。

在这世俗的人间,我心怀你的洁白,将风里的寒,雨里的冷,眼睛里的瑟缩,放在你温馨的枝头照耀。

让那一支溪头清梦,弥漫栀子花的浓浓香气。

二

我还在花瓣上流连难返,细数散落的夜幕与晶莹的晨曦。

接着,太阳升起来了,我开始想你,想万里江山背后的不容易。

我凝重地将愿望一排排铺开,由远及近,直到梦的心里,直到风儿发芽,晨露一颗一颗地开花,直到生活里每一道缝隙,都开始一寸寸地充满香气。

我将你引到心房,让那股馨香推门而入,直抵 2018 年夏季,辅佐命运,迎来了另外一番样子。

与花做一次透彻心扉的交流,也是三生有幸,我接受栀子花的建议,在旅途或梦中,都不再对自己步步紧逼,将真实的繁荣置于内心,还给心灵本来的容颜。

具体而充实的爱,宁静而直接的喜悦,来自栀子花的情怀。

我的深度,正是我的肤浅,笑容诚如忧伤。我所有微妙而闪烁的细节,都是等待留给时间的证据。

我表面呈现的本质,身披夏日之光,在一股冷香里,乐观的跳跃。

三

栀子花悠悠地香着,让山川充满了力量。

铁的品质穿墙而来,意志的魄力又散向远方。

一支花朵,伸向这奇妙无法澄清的世界,而远方的海,醒着。

诚实从热血出发,花香从灵魂出发。我相遇你的梦了,我无比欣慰着。在寒冷到来之前,我已经选定了方向。

从我的双眼,流过,流过。

栀子花,待我审视一下自我,丢掉虚荣和孤独,卸下伪装和怯懦,我要紧紧握住你的双手,将你的灵魂,做一次有效的植入。

岁月,已经呼唤隐喻的河流回来,逝去的乐曲回来。在从未遭受浑浊玷污的芬芳里,铸就明月。时光风华如初,干干净净地拥抱灵魂。

月光和花香填满时空梦,将会永恒。

(选自"中国散文诗研究中心"公众号 2019 年 12 月 30 日)

兽形记

鲜 圣

兽是暗语。兽是烈火。兽是音符和云雾。

鹌鹑的鸣叫，乌鸦的扑腾，兽在家园被驯服，爪子和喙，失去锋利，变成人的一部分，变成神的一部分。

我的祖先，与兽共舞。

人类，一定是被兽类征服过，兽才成为敬仰的烛光，在三千年的长河中飘摇。

兽高大。成为崇拜的神灵之后，兽变得乖巧、灵动，变得方圆得体。

兽狡猾。箭头击中的是媚态，受伤的兽，还在人间环顾。因而，兽，成为膜拜的信物，成为祭坛的神秘。

眼前的大马，蹄子上卷起的风云，我的祖先一直在追随，它飞过去的地方，我的祖先一直在兴叹。祖先成为王，这只大马，便成了他的坐骑。

眼前的大象，用长鼻在交换领地，我的祖先一直在观望，它占领的地方，我的祖先一直在阻止。祖先成为寇，这只大象，便成了他的神话。

兽与人类，平起平坐。

兽是暗语，三千年的遗产，被我们继承。

兽是烈火，三千年的火光，还未熄灭。

兽是音符和云雾，三千年的光景，还有余音和谜团。

（选自《诗潮》2019年第9期）

沿着心情的波澜（外一章）

姚 园

别以为开着灯，夜色就会远去。

别以为在夜色中行驶，时明时暗的路途必是灯光的缘故。

不相信，是因为曾经的相信，于一个梦醒时分的轰然倒塌。

世上哪来那么多一切都是最好安排的蒂落？

不是耕耘的汗水，必定摘取招展于枝头累累的果实；

不是作品质地的无瑕决定流向的葱茏；

不是你去敲门，室内以安静滋生安静，便是无人的旁白。

没有回应本是一阙回应。

回应有时也会化为一地的泡沫，没有什么是一条不变的江湖。

与其摘一句"以不变应万变"，不如嫣然一笑，让步伐沿着自己心情的波澜，或快或慢，都是思绪先于脚步的抵达。

不经意一瞥

是那不经意一瞥，一束惊喜跃上了眉头。

哇，一个用枝桠编织精细的鸟窝竟然坐落于客厅的窗户下。是哪位鸟妈妈为自己绸缪的？期间肩挑了多少风雨，却只能在我的揣度中翻卷。

再伸长脖子端视，天啊，三只鸟蛋静静地横卧着，何时破壳而出，也不在我掰着指头倒计的分秒里。

但不妨碍我像翘盼星星翘盼月亮一样，翘盼遇上鸟宝宝诞生的怦然。

世上有哪一次相遇不是源于一颗期待之心的潮起？

去前院晃悠成了我接下来的功课，三天后的晨曦，当三只乳毛尚未加身的鸟宝宝微微颤动的情景映入眼帘的刹那,一缕心惊和胆颤止住了我的步履。

鸟儿的蜕变也需要时间这个摇篮啊。

可一枚好奇和惦挂在心里日夜蓬勃,次日我忍不住悄悄溜了过去。鸟妈妈不像之前闻声即飞,她淡定自如地把持着家园,鸟亮的眸子散发出一片母性的温润,她的三个宝贝该在她羽翼庇护下,羽毛是不是渐丰?不管今夕何夕了吧。

就在夜色茫茫的十点,窗外发出了一阵声响,鸟妈妈该不会是趁皎洁的月光携着她的孩子们去练习飞翔了?

天亮后,我怀抱昨晚疑问走近,

果然,鸟去窝空。

令人诧异的是其窝已被一小捆细枝掩匿得若隐若现,鸟妈妈是为了某一天的回归?

(选自《珠海文学》2019年第2期)

流　逝（节选）

霜扣儿

1

风打西窗，回声在我心上流浪。

节点是由远而近的汽笛。

碎了吗？倏然伸脚的秒针，划开空气，两侧薄霜闪过，天下尽是秋意。

忍不得要想一下：被汽笛声运送的人，他们心中有怎样的梦，参照尘世的昏昏欲睡？

有人回家，有人去天涯。

有人在我诗歌的破折号上，回过头来——

哪一时是山高水长，哪一时是背井离乡。光景的荣枯渗入光阴的厚土，有形归于无形，生灭归于匆忙。

秋水泛起，半空落花来不及思忖，一朵朵被枫红拆散。

流逝的意思隐入岸边石子，我看一次，它就随苇草起伏一次。

它起伏一次，故乡的名字就摇晃一次。

2

路途瘦了。

从田野起飞的雁行，再次离开别人的家乡。

收割是一种多么坦白的放纵。

秋水如镜，阡陌纵横，我的诗歌在秋后的心绪上，踮着脚，缓慢，负重。

无声的房子，露着老去的窗口，在现实的乡下呆坐着。

门外小路萧条，听不到轻快的口哨——空巢这个词越来越粗野，它将思念的喘息,化做沉默的窒息,并在我遥远的故土,呈现覆盖的趋势。

一声叹息,轻飘飘的,从炊烟里分流出去。

写家书的人,笔墨干涸,他热情又真挚的思念,裹在虚妄的雾中。

视野广荡,无处开合。

仿佛俚曲隐约,掉进日暮下的长河。

3

夜色浓时,谁的心,比得上路灯的清冷。

车辆的流水向来处来,向去处去。

载过的那些繁华,被线条一样的街道,扁扁地影印。

风带着清冷的光,刷白了阶庭。

路灯是固执的清扫者,它把一切孤独的物质,弥散在孤独的核心。

——走在暗处的猫咪,被长长的暗影拖着。

它渐渐被我的诗歌镂空,最后缩成一滴,被凝视至无物的,空空如也。

这时如果突然有一盏路灯,在我指尖上灭了。

如果我突然,感觉光在纷飞,夜在归拢。

整个人间都悄无声息。

——我有多少删减不完的赘言,人间就有多少逝水如流。

4

意念如船,拨不开太多尘埃。

站在泛黄的信封边,花红柳绿的岸边已是陈年。

又一年深秋埋伏在我的肩头。

不用思量,我也知草木的小筋小骨,正在一一缩小,滑落。

在群山之下,旷野之中,铺陈了我所能感知的浅小红尘的全部。

大片云朵从高空归来,不容分说投下浓重阴影。

初雪已走在路上,一个季节推着一个季节的人生,已走在路上。

光阴从明到暗,从近到远。

路途越延伸,越容易到达尽头。

这是理智还是颓废——在人烟之外,我被驼背的先辈人目光牵引,我的诗歌成他们风化姓名后的一行标注:

如果这仅是表皮上的沧桑,命运之词,将被免于惆怅。

（选自《散文诗》青年版2019年第12期）

大野有灵

范恪劼

日光褪去,大野开始显灵。

雌雄同体,祂,并不回避丹阳。但祂不忍的,是阴影走高之后,天空下盛行鬼魅嚣张的传说。

便以阔以大,立体周天之永恒;

复以生以息,演绎运动之未竭。

徘徊其中,声色悠然的湖坡草木与昆虫飞禽,让草木间长大的我,如见故人,如对骨肉,如照三生。

灵遁于野,化外生相;魄主生长,各有其命,让律动找到蹁跹之轨,让生灭合成宇宙之韵。

野大,天高。

祂看见,无数的细微在天地间供奉着唯野泽野壤野风才珍惜的纯良。

(选自《散文诗世界》2019年第12期)

洞市老街

李克强

一

有一种旅程，叫做皈依。

漫步洞市老街，如临梦境。

面对面，凝视。只需几眼，似早已相识。

麻溪清澈，日夜流淌的血液，依旧百折不挠。

三门洞，痴心不改，对老街的情感，始终没有改变。

街，还是那条街。只是那曾经的红极一时，曾经的热闹繁华，在与现代文明的争宠中渐行渐远。

于是，人们嘴里多了一个"老"字，褒贬不分。

故事，无论新旧。生活的山歌，照样唱响每一段光阴。

当所有的虚荣隐退，洞市恢复寂静。

二

读她的往事，寂寥而悠长。

往前几十年，往前几百年，甚至上千年。

透过时光寻觅，散落在老街的每一丝痕迹，投射出光影下人们最初的生活模样。

青瓦飞檐，墙壁斑驳，远古的繁华隐约在曼曼青藤之中。

青石板路还在，吊脚楼还在，甚至卖杂货的小店铺还在……

曾经手执缰绳，风华正茂，整装待发的青春少年，在老街飘摇的步履中衰老。

绵延数里的竹排，成群结队的马帮。散去的是如织的游人，驮向远方的是老街的希望。

茶马的故事铺满了历史的繁华。

古道的回音在远逝的时光里沉淀。

曾经，西出洞市，再无故人，劝君更饮一杯黑茶，三碗米酒。

驼铃声，马啼声，叫卖声，依依送别的叮咛声，粗犷豪迈的猜拳声……

一切，都在时钟的"嘀嗒"声中淹没。

青石板的绿苔，承载过多少成功与失败？

每一个转角，阅尽了太多的离合与悲欢。

三

不要问我从哪里来，慕名者来自四面八方。

洞市，这个沧桑的名字。如黑茶的金花，把岁月的一丝丝忧伤叠加成美丽。

老街，用一代又一代的青春与泪水，用一块块苍老的禁碑，独守一份古朴，孤独成希望。

坚韧，永不服输。高昂的头颅，在幽深的清静里沉吟着梅山特有的诗篇。

此刻，我看不到落寞，尴尬与无奈。

以不变的心境俯视万变的事物，一切坦然。

洞市如此，我亦如此。

远离荣华与兴旺，少了几分浮躁，增加了几分踏实与单纯。

时间最怎么匆忙，功利已被老街看透。

（选自《大沽河》2019年第4期）

有理想的鱼(节选)

陆晓旭

1

有理想的鱼,都能长出翅膀。就像有理想的植物,都能长出牙齿和刺。怀抱内心全部的温柔,自然地接受一些看不见的敌意。毅然决然,保持应有的孤寂和本质。

一个人的夜晚,人也是鱼,在无边的黑暗里飞。

无涯又有涯的时间,托举着想象。用星星点灯。有扇门,朝心的方向开着。希望,就是无尽的光亮,照着一群有理想的鱼,用鳍在思想的水域划出清晰可辨的轨迹。翅膀的长度就是海洋与天空的高度。从黑暗深处飞跃而起,在岁月的流年里接近命运,就像在未知的探寻中接近了真理。

2

路是飞出来的。在不会飞之前,鱼也被命运无情地放逐。把苦难酿成酒,喝干再出发。天亮以前,谁梦见睡在鞋子里的脚,该醒了。在河流也可以谋杀浮生的时代,鱼已经开始渴望另一个存在的空间。飞,有时仅仅只是为了逃离,这难免不是一件稀罕事。让人刮目相看,又让人徒增顾虑。

3

在这之前,深海里的鱼,已经仰望天空的飞鸟太久。飞翔,仿佛是上帝故意放置在高处的一片瓷,上面雕刻着另一个没有杀戮的大海,干净的大海,充满了善意与美好的大海。

于是,它们不止一次梦见自己的身体长成了梭镖,甚至梦见身体变成离弦之箭,一次又一次,射向那个理想的高度。有的飞鱼,还没梦到翅膀就成了别人的目标;有的飞鱼,还没学会飞翔,就被周围的鲯鳅和剑鱼捕获;有的飞鱼,刚刚飞出水面,就被从高空俯冲而下的鱼鹰一口叼去;而有的飞鱼,以最快的速度从水面飞弹而出,还没完成一次愉快的旅行,便在转瞬之间撞上一块丑陋的礁石,死得非常惨烈。

尽管如此,它们毫不惧怕,依然选择飞翔。在夜里,成群结队地飞。在热带、亚热带和温带海洋,在太平洋、大西洋、印度洋及地中海,它们飞翔的身姿,壮美成一个凄美的故事。

4

现在,我持有破译世间一切高度的密码,但还不是说出的时候。我自始至终相信,终有一天,智慧的人类,会从中找到应有的答案。我并不排除,其实我也是众多飞鱼中的一条,隐居于这烟火盛行的人间,在人们的目光中飞一次,又飞一次,再飞一次。有时养精蓄锐,有时用尽全力,有时东奔西突,有时乘胜出击。

我在努力寻找,那个我从未遇到过的人,或许,也是在等一条会飞的鱼,从更高处的地方,给我捎来一个大海的消息。

(选自《散文诗世界》2019年第3期)

雨溅飞花（节选）
——南京雨花茶

雪 漪

1

今天，我想这样表达青睐，天降大任，那些涛声依旧、思源万古的雨花石放在一边。

舍命护守南京的人，被未来取名为烈士。半个世纪的春秋，躺在中华大地上，凝重如沾满雨花的深沉夜色。

凡是以后的岁月，都是雨花台给准备好的，完全可以安宁过渡到与世无争。

2

杜鹃花丰满的盛开，怎么也包不住密封的心事。

围绕上下三千年的雨花台，领会过风声鹤唳，一日一日，昔我往矣。

饱经硝烟的苍天松柏，雨花台的邻居，依旧躺在南京的怀抱，与剩下的楼台烟雨并肩成一部青史。

没有序，也没有跋，却守成最后的生死相依。高天、阔地，还有江山，都统统归你们拥有。

3

天下文枢，金陵风雅，想把剑刃上的承载，绝世的安然，通过秦淮贡院勾勒得英气袭人，让你看到最具纪念的那部分。

雨溅飞花之后，就能看到六朝古都写意的漫天云彩，啸傲烟霞。

无法回避的兵燹罹祸，人间凛然接纳的快意恩仇，也随着长江的通涉五洲泥沙俱下。

4

陆羽栖霞寺采茶的一页理想，留下可以寻根的蛛丝马迹。

你看，松针挺秀，是不是一眼就可认出的坚毅之姿，以秦淮十里，书写华夏年复一年的生生不息。

太平天国、辛亥革命、抗日战争，这些名词，聆听着秦淮河的低声呓语，渐渐老去。

5

合上历史的书页，那些辞旧迎新的、建国十周年献礼的香茶提到文字议事日程。

锦绣之邦，掬一捧长江水洗尽五色石万年铅华。就顺势写下江道万里，烟波无序。

拉开雨花茶的背景之幕，发一声类似蒙古长调撑远了天空那样的感慨：

别君去兮，古来万事！

（选自《天山·散文诗月刊》2019年第10期）

钱铃双刀舞（外一章）

倪俊宇

嗨嘿！嗨哟嗬——
卷过来一股股遒劲的风！
掠过来一道道灼目的闪！

步声踏踏，血光与啸吼，涂染着古林的悲壮。
刀光嗖嗖，刃上挑着一轮莽原的太阳……
黎家好帕曼阿洛和劳丹，野日下追撵荒兽，追撵远古的野性。
猎神为之阔笑，为之狂欢，跳跃的崖峦，甩出一串串亘古的惊叹！
双刀挥舞，电光撕裂长空！
铜铃铿锵，铁蹄撼醒山林！
嗨嘿！嗨嗬！哟嗬！
骤如暴雨，是激奋的鼓点；响如雷鸣，是粗犷的呼吼；疾如闪电，是挥掠的刃光；狂如涌涛，是腾跳的舞步……

峰峦，一层层突兀。季节，一茬茬裂变。日月，一轮轮更换……
在九颗太阳陨落的地方，木棉花
英雄鲜血一样，火红地绽放……

风雨夜，听《十面埋伏》

有一队铁骑疾驰掠过，泥泞芦苇丛隐匿的小道……
抑扬顿挫间，旗偃鼓息，沉默着饮血的刀戟。
暗藏杀机的滑音，一闪而过，不想触响了那铠胄寒霜。

戈矛溅出的簇簇火星,跌落在谁的心弦上?

轻轻重重的弹拨,可是明明灭灭的昭示?

风雨中的跋涉,将箭嘶镞鸣融入高音长韵。而那幽幽楚歌,拽走帐外多少踉跄的脚步。

丝弦上,将佳人的泪珠、勇夫的喟叹纠缠,颤响向岁月深处。

环佩剑气。披肩掀风。谋略的大纛,猎猎飞扬,翻卷起历史的风云……

遥远的战争,被曝红的劲蹄,弹得铮铮作响。

今夜,心底的感慨,挟风携雨,洒满那沧桑的琴弦……

(选自《星星·散文诗》2019年第5期)

玄白之思(节选)

王崇党

明灭无住的一切,都是念力的迁流。
——题记

1

一枚白,又一枚黑,时光交替着落下。我看不到棋盘,也看不到棋者,只见宿命在走。

执白是一坛酒,执黑也是一坛酒,我总是在执着中迷醉。

白天与黑夜,是棋子,也是蒙眼布。我们总想猜透和改变棋局,但所有的动念,只能让棋者发笑。

到处是陷落的日子,到处是围困的生命。在抗争与突围中,黑和白都是暴动的旗帜。

干脆把黑白当成生命的底色,我果断地化开自己。

2

有话要说的人,是需要搭救的人。

那个一直与墙壁的缝隙说话的孩子,看到墙壁的缝隙里长出了潮湿的青苔,哽咽着再也说不出话来。

说与不说之间,是一段悬崖。我们每说一句话,就会增加一个黑点,说着说着天就黑下来了。

所有的树叶,都是说话的舌头,喋喋不休地说空了枝头。

那个石头一样沉静的人,生命正流转内化成年轮一样的唱片,让真正走进他的人听到。

3

白天是一朵摇曳的火苗,黑夜是它绽放生命的灯油。

在夜的渊黑里,将自己组装成一台收音机,轻轻地调动,散落在历史长河中的所有信息重新开始喧响。

什么也没有丢失,能够丢失的,只是我们的听力。

我们像一颗大个儿的盐,结晶出来是一个偶然,消失早已被注定。生活的咸涩,是必须饮下的一杯酒。

时光是最高明的炼金术士,种子是最为宝贵的生命黄金。

当我们告别白天,要虔诚地向黑夜扎下根须。

4

我可以四处游走,却不能走出自己的洞穴。一切都是外衣,又都是洞穴的厚壁。

不断地去追逐,却无法停止下来,好好地挖掘自己这个富矿。所有的繁华消失后,我能够采撷的只有那朵美得决绝的荒漠。

我想成为一只飞行的鸟,自己就是自己居住的星球。我一直注视光线中的浮尘,当我散落成尘后,是否也会无翅飞翔,成为自己的君王?

一个白脸,一个黑脸,交互着坐下来陪我,我是被托管的孩子。

无法逃离。我看事物的双眼,一半是白,一半是黑。

5

能够被抹黑的,都是虚无;能够被照亮的,都是金刚。

虚空一直铺展着它的天涯,一切光荣和梦想都在快马加鞭中一闪而过。

肉身和炭一样,可以是灰烬也可以是金刚。精神才是它永恒的纹理。

白天像一道打开的伤口,一切都在盛大地溃烂着;黑夜则是一片最大的菩提叶,用它别样的光芒照亮苍白与荒凉。

昼上面是神灵，夜下面是苍生。任一光亮，都是观望我们的眼睛。

这黑皮白皮的圆瓜里，我们是蠕动的虫子，生出的任何想法，它都知道。

我多想穿起这黑白的袍子，身不动而驾时空飞翔。

（选自《散文诗世界》2019年第12期）

平顶山（外一章）

徐 庶

秃顶了，我愿意这样为一个人：站成一棵树，一座山，供她小醉，蹦跳。

供她把痴心，存于远方云雾的妄想中。

秃顶了，心中那些消化不了的石头，都戴在头上，花朵般让一个人一目不忘。

有些是怪石，有些像熟悉的面孔，有些，像一次偶遇。

这些悬空一生的石头，像一幅上联，并不急于说出下联。

如我青春期那些错过，悬，而不决。

芙蓉遍地

社区公园只养一条"嗷嗷"，只养一条休闲道。

道路这头，衍生念想；那头，芙蓉在悄悄说"静一静"。

时间静下来。你黑色毛衣上的狗毛，一直在扇动翅膀。在扇动，公园里的木芙蓉和我的心思。

刚刚立冬，不发芽的季节，也有花朵盛开。

是的，那些红的，白的，那些路边垂手可摘的芙蓉，一朵也不令人心动。

（选自《金沙文化》2019年冬季刊）

星辰出窍

鲁 橹

我有不着边际的思想,傲立于星空。这偌大的黑暗,唯有天上的星子露出自信的眼睛。

我见惯人世的眼睛,大都以猥琐、畏惧、哀伤、胆怯……

但怎么可以完成这一生,怎么可以对这具煎熬的肉体致敬?又怎么可以谈到精神、谈到灵魂,甚至谈到身后百年、千年?

星空没有一刻是沉默的。他定然是万古消瘦的长者,智者仰望,愚者同样仰望。只有完美者每日露出狰狞且满足的笑容;

星辰划过天际,这是一句警示!

闪电和雷声降临,这是一句警示!

山洪和地震出世,这是一句警示!

太阳和大海长留寰宇,这是一句警示!

我多愿我们活着——

是对自身行为的警示;是对前生和后世的警示;是对灵魂和肉体的警示。

但星辰闪耀——

这是出窍的先行者打出的旗语;

这是那个慈祥的长者注目亘古,指引更替;

这是我们自己——

立于尘世,黯然销魂!

(选自《散文诗》2019年第11期)

在博物馆

王德宝

过去像金桔一样被剥开,一瓣一瓣地呈现给我们。

每一瓣都有让人震惊的故事。我们看着这些故事的切片,伟大、勇敢、坚韧、浩繁、深邃等词汇像鱼儿一样,在我们的心里游来游去。

手写的历史。写完之后,手就不知道去了哪里。

只看到你,大步流星,目光如炬。美丽的妻子怀抱幼儿,紧紧追随。

我知道,你的奔走也只是一个切片,包括跟随你的妻子儿女。

没有被切开的只有雪山,只有草原,只有长年盛开的格桑花。

他们和这里的天空、这里的岁月紧紧拥抱在一起,永远都是无法分割的整体……

(选自《贡嘎山》2019年第3期)

滑州西湖，挽下朵朵祥云

徐慧根

你的水波是最美的，一副无欲则刚、波涌潋滟的样子。

湖中的景物是美的，像漂浮于湖光水色中的一颗颗明珠。

你身体里的每一滴水珠都是淡定，像有一种大美的梵音飞进飞出。

季节，则像美人的手指，有血也有肉，像一柄无形的笔，书写在岁月深处。

时间站立着，站立成悠远的风物。

你则坐着，每天，有成群结队的脚印，蹚起鸟语花香，一步一景，游览的人们，正在把道路一截截压低。

沐着汉风古韵，我站在滑州西湖岸畔，看白云飞过，看鸟儿飞过，看以往的岁月飞过，滴落下丝丝暖暖的眷恋。而滑州西湖，明镜般宣示着温情与柔韧的日子。

临风而立。

我让恣意的淡蓝，打开了我的身体和我曾经拥有的梦，打开了我骨子里溢出来的冷艳的色调，意境与远方大地的起伏是那么的一致。

众水相拥啊。

此刻，这里一滴水的柔情，会让世间所有的词汇都哑然失语。

浩瀚空阔的西湖之水，清澈到了生命的极致，这才是天水之间秘而不宣的天性与真谛。

水和水相连的世界，是清纯的世界。

那些远远近近的人，让我看到了磨损了的生活。

我不想打扰湖的宁静，我对于湖的静谧茫然无措。

湖与天很近，天水相接，仿佛我触及湖内心的秘密。

此时此刻,我与湖相守。

幸福,仿佛就会汩汩溢出来,我生命中那些坚硬的钙质及柔情,都会波翻浪涌。

有些不解的机缘相随着,我相信湖是禅意的。

风吹来,粼粼波光里,湖还是蓝的极致与释然。

夏天的风,时常会俯下柔软的身子,阅读滑台,阅读西湖这部潋滟浩瀚之书,淡蓝的页面,带着浪花水韵,被翻过千遍万遍,检索并且跃出许多清凉透彻的名词。

偌大的湖泊,其实是一枚大地睿智的眼睛,湛蓝色的湖水,恐怕连骨子也是神性的。

我守着这一方纯净、安然,奢侈地挥霍着惬意,并让这原版原味的水域,挽下朵朵祥云,书写诗句,抵达赋予我生命的地方。

(选自《安阳日报》2019年7月5日)

在宽窄巷子穿行

陈平军

当我慕市井之名，以步步为营，循序渐进之姿，深入寻找所谓达官贵人，平民百姓的生活轨迹的时候，才发现，原来，一切有关命运的奥秘在宽与窄的争论面前，都失去了意义。

纷纷攘攘的生活场，在一切还没来得及涉足之前，早已人满为患，水泄不通。

丈量生活宽度的尺子早已更换了计量单位。

旧时光的日暮又怎能计算出初升时光的长短？

宽巷子，门扉紧闭，容不下一丝探寻的目光。

窄巷子，敞开心怀，任由无边的闲适大汇聚。

宽坐，没有我的座位，那就只能逃离。

窄路，不去刻意钻营，无欲一定心宽。

这些，双眼井，一定看在眼里，记在心里，所以在失去宽窄意义的街巷里，突围，是最好的选择。

与其纠结宽敞与狭窄，不如远离宽与窄的争执。

遁入一世繁华的外围，坐在慵懒的井巷子，学双眼井睁大双眼，把一切簇拥和奔波看淡。井边，任凭它张大嘴巴，露出惊讶的表情，惊愕我奔波的倦容，一如侄女满脸的不解。

如果还有时间，我想，轻轻扣开身后那个不知名诊所的虚掩的门扉，找到那个有着遍布学问的胡须老中医，问一问他，为何，疲惫的我，已然提不起一桶井水，激不起一点生活的微澜。

哪怕，汲起一丝水花，为身后逐渐枯萎的毛竹增添一点养分，只要不让他丧失挺拔之姿，逐渐恢复葱郁就可以。

（选自《诗选刊》2019年第9期）

落　叶

宋清芳

到了季节，就自然地变黄，像金子一样
就尽力地红，像晚霞一样
慢慢地安静，轻轻地离别
时光无悔最好，无论你怎么追
刃口如齿，蚕食掉的倾城砖瓦堆积成殃
一茬茬风景游丝般失忆
还好，深山有小径直上云霄
每一次剥离都是警示，香烟弯曲
香烟垂直，都能让冷寂的日子回光返照
都能给永远凋落的事物，悲怜和祝福

（选自《大沽河》2019年第4期）

有故事的人(二章)

徐 源

送水工

他每次送水,都要感叹一句:这水,哪有农村的好。

他这样说的时候,眼眶里荡漾一汪清澈的井水。

送一桶水,赚两元钱。他说,每天能送四五十桶,到了晚上,脚底板就火辣辣的痛。

这憨厚的送水工,我小学同窗。我从他身上的汗味里,闻到了泥土的味道。

他感恩这份艰苦的工作,而我总抱怨生活的细节。

他的背影,与我的虚伪,在这个陌生的城市,形成鲜明对比。

我们曾经暗恋过同一个女生,同一条道路,同一个贫穷的村庄。

许多年前,在夜晚,我们都是被月光镀亮的人。

造桥者

一千米之上,他被透视原理拉成一只鹰。小小的黑点,像烟头烙在蓝天上的一次心跳。

他必须小心,秋天来得太早。

被钢筋绞破的手指,显现出最后的金黄。

他的影子还要些许日子,再消瘦一点,才能延伸到河流的对岸。

这样的场景中,呼出的白气,证明冬天的属性。汗滴在一千米之下,吻着某颗鹅卵石。

否则,一条河流不会知道他的秘密。

他是一个理想主义者，对所有规律，深信不疑。

否则，我们看到的流水，也不会因一个造桥者的理想，而执著、久远。

（选自《星星·散文诗》2019年第7期）

光芒的旅程

野 老

1

白云摇晃太阳,光芒掉在人间。

光芒与光芒重合,挤出一个影子。影子把分岔的道路合拢,大地上只有一条道路。

呼喊的乳名声荡漾在翩跹的风中,风抚摸大地,一块块沉默的石头悠然苏醒。苏醒的流水,苏醒的山坡、苏醒的烟囱。燕子呢喃——

朴素行吟:

种子、水分、光芒、花蕊、果实、生与死。

光芒的大地。运动的大地。

孕育生命的大地——

孕育生命的行者,打开一扇门,便有了无数个带着光芒的家。

2

上善若水。

一叶扁舟,光芒安置在河流上的眼睛,注视着河水的伟大——

河水,生命之水,滋润着青山与鱼群;滋润着庄稼与村庄;滋润着羊群与天空,滋润在人类的血液里,奔腾汹涌,热情洋溢地向着阳光生活。

光芒,河水。

镜子。光芒是河流的眼睛,河水是眼睛的映射。他们水乳交融出一个隐秘者的世界,至善的世界。

我是光芒与河水的孩子。

在爱的光环下,不管我陷入多少次漩涡?路过多少次弯道?我睁开眼，微风拂过，他们都给我灿烂的春天。

光芒在河面上，河水在天空，我在河岸。

青荇、鹅卵石、矮小的树木、飘浮物，都是我的兄弟姐妹。我们活在爱的世界里，在水中，曾忘记时间。

在光芒四射的河面上空，一只苍鹭，平衡着羽翼歌唱。我们划着竹筏在静静的河面上，竹筏的身后，波光粼粼。

我们站在竹筏上伸手推开两座青山，是一片色彩的远方。

3

人到城市，总要跋山涉水，风尘仆仆，而光芒到城市，不需跋山涉水，且光鲜亮丽。

宽敞的马路两旁，树一排排站着，像保卫边疆的战士。战士需要能量，光芒是他们的能量。光芒照射在绿色的军衣上，挺直着身子，为国土站岗。光芒透过树叶照射进店铺，店铺生意红火，店家露出太阳般的笑容。

劳动的人在城市不需要通行证。车水马龙的街上，人们为生活奔波而匆匆忙忙，他们是高尚者的代表，他们背上的光芒是最好的证明。卖菜者、扫街者、出租司机、交警等，他们的全身上下都带着光芒，这种光芒是白云摇晃下来的。光芒与城市的光不会相互排斥——红绿灯，安全的指挥官。光芒靠近它，像一个甜甜的吻，精神饱满，不在时间里虚度光阴。

建筑。城市的象征。光芒照射在上面，代表着繁荣与蒸蒸日上，这是城市的命脉。

光芒在白色的建筑物上，眼睛明亮，看到建造的场景，像播放着我们难以忘掉的电影。

光芒是倾听者，靠近墙壁，有着钢筋混凝土的声音，有着建筑者的心跳声——

万物合奏，或钟摆雀跃。

（选自《扬子江诗刊》2019年第4期）

铜　镜

曲全胜

铜镜诉说青铜制造。
圆的镜，水银依旧流光，没有
被盗墓者掠走。
照镜的人呢？一共换了几代佳人的面孔？
老去的袭人，当年的那层艳阳粉黛的胭脂，铜镜之上还遗留存着多少凝香。老不掉的
是铜镜出炉那一个朝野的清规和尺度。
女人的手和玉指，在铜镜的柄上爱痕幽深。
铜镜，圆的从夏商走过春秋与战国。
天阁一梦的贵妇和小姐的香指已断。
出土，深褐斑斓的木盒子里横卧的铜镜，守望空尘。铜镜银光的边缘，竟乌黑卷曲着，一根
女主人的发丝。守岁
为谁？

（选自《青岛文学》2019年第11期）

第四辑

乡村节奏

雪里红（二章）

郭 辉

岩 松

高不可攀的石罅之中，你深邃的思想，是如何扎进根去的？

风送来的？鹰衔来的？还是种子有脚，一步一步，走入了自己的宿命？

经历了多少次雨水的洗礼、烈日的曝晒，生命之卵才炸裂开来。在那一个痛苦的长夜，一颗倔犟，引爆了所有石头的神经。

高处不胜寒，更可怕的，是比岩石还要顽固的缄默。

只有清冷的月光，才会偶尔让你想到人间，想到母体上神秘的绿。

生非生，长非长，梦非梦。

多少年过去了，当你终于一伞遮地，一柱擎天，你才知道，原来岩石是有水分的，是有养料的，是有脉息的，是有血液的。

你立于石之间，撑于石之上，有多少针叶，就有多少感恩之心。

巨大的绿阴，像翅膀一样展开，呵护着石头们坚硬的心事，呵护着岩壁上孤独的鸟鸣，呵护着岩缝间野草野花芬芳的遐想。

经年累月，无声无息。

蛐 蛐

夜色如水，小小的紫衣呵，在哪一角乡土下，作如水的歌吟？

月亮已跌入村头的枣树林。

牛棚里续完了草料的老汉，点燃旱烟，烟锅一点红，兴许是在为某一个时辰打着句点,为寂静掌灯吧?

更越深,那一尾歌者,唱得越是忘情了。

翅膀底下扇出的声音,满村满野地飞呀飞呀,停也停不下来。

像是时令中最好的雨,那么密集、那么可心地下着,飘着;飘着,下着,不经意间,就把村子里所有的梦境,都溅湿了。

一个归来看望双亲的游子,鬓角也已秋了。几夜辗转难眠,今宵,终于沉入梦的深处。

夜色无边,鸣声有韵。

忽地,他的嘴角竟渗出一线口水来,在黑暗中愈见清亮。

是不是今夜蛐蛐鸣唱的乡愁,格外沉重?

咽不下……

(选自《新时代散文诗》2019年创刊号)

在白族同胞家里喝茶

许文舟

齐眉，奉上一盏，就会把苍山，弄得亦慈亦悲。

那些苦难，不是我一两行诗歌可以归纳的。生活分门别类，已交给村史。陪我喝茶是镇上的书记，他话题一转，就是眼前美好的日子。

书记是怕老有人纠缠过往，说到古生的贫穷，他习惯在一拨拨参观的人面前，画龙点睛。其实，把历史交给过往，古生人身上并没有轻松多少。

我惯常的做法是，用上好的滇红茶逗得诗兴大发，再用感恩，把多余的想法脱水。这时候最想回到感通寺，采一片五百年的老茶，便可掠取洱海碧绿中提炼的醉意。摊晾，揉捻，烤晒，还只是凡眼能见的规程。水，能还原一片茶，青涩或回甘，认水作父，是茶最正确的决定。

出发，我们记得清楚，孤苦的小渔村，杂乱无章的芦苇。每一个梦都有铺垫，而今还有，那是更加富裕的情景。三道不是打发时间的做法，一杯茶，只有两种滋味，苦或甜，都是生活本来的样子。生活没有规整的比例，说得清楚，这才是人世泛有的纹理。当茶叶在水中屏住呼吸，捕获时间的每一秒，让它醒来或安静。

一片茶叶磨难九重，才能再次与水浸心入骨的相逢。三道之后，我们都陷入沉思，茶醉，是人生最好的醒着。别以为有质地很好的瓷拦着，一片茶在水中，都有重返山间的梦寐。

焚香，引我入席。主人饯飨诸神，也宴请把诗歌当神的文友。一片茶植栽在清旷的水面，芽叶沉浸，茶香还阳。时间是一杯茶的命运，不长也不应该短，才能让佛性的汁液，喝出一啜飞天的春意盎然。

（选自《大理人大》2019 年第 8 期）

桑多镇的男人们（节选）

扎西才让

面对叛逆的女儿

卓嫫正在削苹果。锋利的小刀，瞬间就使皮肉分离。

然后她抬起头看他，眼神犀利充满挑衅。

他不敢和她对视，不过，他还是记住了她的乱发，黑色脸颊上的健康的红晕。

他还记住了窗外牧场上的残雪，皮毛邋遢的牛群，和那只暗暗成熟的

禁果：她刚刚与情郎私奔回来。

作为她的父亲，他强烈地感受到四十年来未曾体验过的挫败。

面对叛逆的女儿，他倒成了做错事的孩子。

牧人的锅庄

他跟着他的女人，加入了名叫锅庄的圆形的舞阵。

他抬脚，扬手，转身，顿足，甩袖，发出轻呼。

他瞥见女人的黝黑的脖颈，和粗壮的腰身。

三十多年了，女人始终陪伴着他。

三十多年了，他与岁月一起，把她从天仙般的少女，变成了失去奶水的粗糙的老妇。

当他俩渐渐步入舞阵的中心，他再也无法适应那极速的步履，跌倒在她身上。

众人善意地大笑起来。

他抱住了她,露出三十年前的羞涩的笑容。

猎人之梦

在桑多森林里,做那猎人之梦——
松涛引来的狂风,将山上奇异的色彩,旋转成了漩涡。
狂风也解除了昨日的咒语,让它回到施咒者本身。
然而梦醒了!
被觊觎的麋鹿,还熟睡在洞穴里。
被跟踪的野猪,还深匿在密林深处。
我秘密种下的疾病般的树木,已经在黑夜里长出青铜似的枝条。

(选自《星星·散文诗》2019年第10期)

自来水,接上了锅台(外一章)

潘志远

装月亮,也装星星的水桶,早销声匿迹。

有一点压力,就在暮色里叽叽昂昂的扁担,告老回乡;不,进了农耕博物馆,躺在过去的梦里,默默无闻。

水缸为何物?如今,恐怕只有到司马光的故事里去寻找答案。

瓢,照葫芦画瓢。查字典,还要百度实物照片,才能教儿孙们读认。

不用生火,也不用釜底抽薪。

"啪"一声,蓝色火苗跳跃。炒、煸、蒸、煮、炸、汆……十八般厨艺,都可在这一方洁净的锅台上,大显身手。

热气腾腾,却没有一缕油烟呛鼻。

还可以随时暂停,去看一下视频,再来继续你的下一道新菜;厨艺大进,让亲朋刮目相待。

一条银亮亮的小河接通锅台,轻轻一扭,一曲新世纪的《泉水叮咚响》,被你演奏得风生水起、炉火纯青……

(选自《星星散文诗》2019年第10期)

短短几年,丰收已变成……

虫不怕,旱不怕……一田的稻穗随着清风摇曳曼舞。

簌,簌,簌——我听见秧苗分蘖的清脆声响;簌,簌,簌——我闻到稻花飘香的欢快节奏。

挺直腰杆,低下头颅,像是害羞,更像是感恩和叩首。

一种无法拒绝的成熟,正如约而来。

不用动手，有收割机帮忙，三下五除二，百十亩的稻浪就被收拾得服服贴贴，转眼堆出一座座小山。

一个电话，一则微信，一张网上订单……小山又被搬往远方。

不用为多收了三五斗而犯愁，为销售难而绞尽脑汁。再见了，携款往来的风险；再见了，一趟一趟找关系结款的尴尬和艰辛。

短短几年，丰收已变成一件很稀松平常的事。种粮致富不再是一纸空谈，一种奢求。

订单农业，让大半辈子都"面朝黄土背朝天"的大哥终于尝到了甜头。当"种粮王"的荣誉匾额挂上他家的门楣时，我第一次看见大哥脸上，开满了金灿灿的秋菊……

（选自《散文诗世界》2019年第11期）

满头月光的母亲(五章)

陈修平

故乡的影像

故乡,是村口窄窄的石板桥,清清小溪水悠悠;

故乡,是村前高高的古樟树,篷绿如盖叶青青;

故乡,是村中祠堂精致的旧门楼,雕花红石层层砌起永不褪色的记忆;

故乡,是村后岭上怒放的映山红,年复一年如期撩起游子滚烫的思绪……

故乡,是伫立石板桥头的老母亲,抬着昏花的目光,依然一遍遍眺望远方。

顺着这目光的牵引,我一次次梦回童年:于山坡上放牛;于祠堂中祭祖;于古樟下纳凉;于小溪中嬉戏……

母亲与母亲节

小时候,在偏远的山村,天天都能见到母亲,却不知还有母亲节。

中午,母亲从田地里匆匆回家,踩着点儿做好饭菜,等我放学;傍晚,我做完作业,常坐门前,等候母亲披着月光荷锄归来……

长大后,在母亲目送下,一步一步渐行渐远。

如今,知晓母亲节了,母亲却不在身边。

只能趁节日多打个电话;

或在朋友圈晒晒感恩和思念,留守山村的老母亲是看不到的。

风吹故乡

总是在北风凛冽如注时，急急回到故乡；

总是在春风将至未至时，匆匆离开故乡。

就在春节短暂的停歇间，还未及反刍童年的味道！

在远方的城市，徘徊于坚硬的水泥地，莫名的干渴，不时袭来。微风过处，总想搜寻几丝故乡的气息，那曾经熟悉的青草香，那遍野金色的稻谷黄，那日日吟唱的溪水响，那夜夜闪烁的萤火光……都随着故乡渐行渐远，却时常潜入梦中闪现。

风吹故乡，吹卷着村围疯长的野草，也拂动着母亲的苍苍白发。

在城里坐立不安的母亲，此刻正独坐在故乡那幢老屋前，默念着远在异乡的儿女。陪伴她的，只有屋前那棵历经风霜依然苍翠的古樟！

问问母亲的梦想

我们小的时候，父母时常半开玩笑半认真地问，"你长大了想做什么呀？"

当我们说出自己的光辉梦想后，父母会开怀大笑，立即口头夸奖，甚至物质奖励。

然而，有几人问过父母的梦想，有几人知道父母的梦想？

父亲去世多年，我已来不及问他的梦想；

母亲年逾古稀。端午家庭聚会，我问起母亲的梦想，兄弟子侄们诧异不已，母亲浑浊的眼里却闪动着光亮，长满老年斑的脸上泛起了红晕，"傻孩子，我能有什么梦想呢？要说有什么梦想，就是希望你们个个有出息，个个健康平安，咱们一家人能经常这样在一起！"

我知道，母亲曾经也有自己的梦想。只是生活的磨盘，已将她的梦碾成了家庭的琐碎；只是岁月的风雨，已将她的梦淋湿了，吹跑了；只是血缘的纽带，已将她的梦与儿女的梦，紧紧连在了一起……

自从成为了母亲,她就只梦着我们儿女的梦——好像当初的脐带,从未剪断!

回 归

如果可以,我想让时光倒流,回到童年生活的那个小山村。

父母和我们兄弟几个生活在一起,煤油灯,土坯屋,我们没觉得寒酸;穿着哥哥穿过的衣服,我没有丝毫委屈;一只鸡蛋,经母亲的巧手,做出一大碗蛋汤,足够让一家人胃口舒畅;从村前港汊里摸起数条鱼虾,母亲也能烹制出美味佳肴……

父母总对我们兄弟念叨:树挪死,人挪活。家里的事不用操心,你们只管好好读书,走出这个穷山沟。

在父母期盼的目光里,我们一步步躬行,进入了城市,披挂上光鲜的服饰,享用着丰富的食物,混迹于闪烁的霓虹,却感受不到山村曾经的幸福。

在城里,终于拥有了精装的房子,却总在潜意识地感觉这并非我的家。

我不知道,是继续带着焦虑留在城市,还是义无反顾地选择离开?!

(选自 2019 年 3 月 1 日《边城晚报》)

炊烟深处,麦浪金黄

洪 雁

正是雨后初晴,气候温而不燥。

绵绵的日光,如千条万条密密的银线,手拉着手,一会儿涌向溪流,一会儿铺上山岗,一会儿跳上林间树梢,一会儿又奔向一望无际的田间麦浪。

和风拂动,金光漫卷,成熟的麦浪是沉淀的金黄。这种黄是能撞开人心中喜悦的生机勃勃的黄,又是不失质感历经岁月窖藏的内敛之黄。

它们在日光下谦恭地微微颔首,不骄不媚,不卑不躁,如十月孕育即将临盆的女人一样,那就要迸发而出的麦粒,是它们回馈给大地和农人的生命厚礼。

小麦是世界三大谷物之一,栽培历史已有近万年,最先是由西亚、中亚进入中国西北地区,逐步地取代了粟和黍,成为中国北方旱作农业的主体农作物,形成了现今中国"南稻北麦"的农业生产格局。

据考,商周时期,麦子已入黄河中下游地区,有《诗经·周颂·臣工》一诗为证:"於皇来牟,将受厥明。明昭上帝,迄用康年。命我众人,庤乃钱镈,奄观铚艾。"这是周人赞美祖先的诗篇,大意是:"啊,美盛的麦子(来牟即麦子),丰收在望,光明感召天地,终于又到了丰年,快备好锄铲收割吧!"至唐宋以后小麦地位更加提升,两宋时期在南方曾出现"极目不减淮北"的盛况,到明代小麦种植已经遍布全国。但因地理气候等原因,至今南方仍以种稻为主。

没有在北方农村生活过的人,是无法体会丰收的麦田带给农人的愁苦与喜悦的。喜的是辛勤付出终得收获,愁的是这收获也是一项庞大而艰辛的工程:割麦、拉麦、打场、扬麦、晒麦、淘麦、磨面等等，从头年十月耕地耙麦、种子入土开始，经历酷寒酷热干旱雨涝，要施肥、除草、灌溉，精心侍弄，直到端上餐桌变成美食，这过程何其漫长而艰辛！

在过去完全靠人力劳作的年月，家中没有男丁的人家，那是怎一个愁字了得！没有男孩就没有生产力，对于一辈子土里刨食的农民来说，撑不起家门是要被人看不起的。当然，如今有了收割机，一切都好多了。但粮食卖不上价钱，农民依然愁苦，辛辛苦苦一年下来，汗珠子摔八瓣累弯了腰，却还在温饱线上挣扎，还不如去大城市打工卖力气赚的钱更实惠，于是，有了越来越多撂荒的土地。

民以食为天。粮食哺育着一代代生命，而一个人从小养成的饮食习惯，终其一生很难改变。常听许多人说，吃什么都没有面食更让人胃里舒服。我特意查了它的功效：小麦含有丰富的淀粉、蛋白质、类固醇和维生素 E 等营养，常食小麦能够养心安神、清热除烦、润肺健脾、利小便、养肝气。小麦营养价值很高，所含的 B 族维生素和矿物质对人体健康很有益处。《本草拾遗》中提到："小麦面，补虚，实人肤体，厚肠胃，强气力。"由此可见，小麦确实是滋养人体的重要食物。只是因其平凡质朴而让我们忽略了它的伟大与内涵，因为丰衣足食天天可以相伴而让我们忘了感恩。

年年麦子黄，今年麦又黄。岁月更替中，炊烟是不变的。生在尘世中，你若很久不曾嗅过人间烟火的气息，不妨到民间，到菜场，到丰收的麦田看看，这里有最浓郁的人间烟火气息，有养育我们生命的气息。你走一走，嗅一嗅，停一停，坐一坐，或许就获得了某种对抗岁月侵蚀的力量。

（选自 2019 年 6 月 6 日"二十一楼看烟火"公众号）

在高原（外一章）

封期任

我把心扉打开，接纳阳光、雨水和草木，
还有鸟鸣。

我的目光，借苍鹰的羽翼，把天空撕开一道口子，随花、草、树一起呼吸，一起探寻生命的本真及其要义。

侧耳聆听蜂蝶的私语，把乡愁酿成一碗苞谷烧，在烈性的酒分子里写一些分行，或不分行的文字。

寓意生活的多彩，任一片唢呐声渲染豪放不羁的心情。

寓意高原风的炫幻，把飘落的枫叶，和远眺的眸子吹成一张符咒，从河谷贴到山顶。

寓意高原人的韧性，把冰雨抽打的疼痛，打磨成一把自由和幸福的胡琴。

我的灵魂，在一声羊鞭的脆响里看到了高原大姐的甜美与温婉，看到了高原大哥的率真和爽性。

我还看到了阿爸阿妈挥舞的一把银镰，收割一地的麦语，和一茬茬的记忆，储存阳光折叠的幕帷。

峰林之韵

一滴清露，托起一缕光，辉耀万峰林金黄的身世。
让这山的王国流淌的梦想，抵达世界的每个角落，
和那些返璞归真的灵魂深处。

一片绿叶托举的叶脉，走过醒来的田野，任一茬茬春天，铭记峰林下闪动的肥沃。

阳光，折叠成旅人眼中的暖意，悬挂在风筝之上，

飘出的芳香，飘进古朴而端庄的农家庭院里，葳蕤着餐桌上的美味佳肴。

一垄垄，一坵坵，一块块，处处流金溢彩。

那醉人的金黄哦，魅惑镁光灯不停地闪烁，

把金色的弧线，嵌入八音克谐的音调里，和布依纺车旋转的轮盘中。

是油菜花装饰了峰林的苍翠？

还是峰林点缀了油菜的金黄？

《山呢阿一边》响起了，浓浓的兴义土话把一坛农家米酒，唱成一首红遍大江南北的网络歌谣。

这地道的家乡口味，在必经的路口守候一片木叶随风飘曳，吹出一曲炫音，把徐霞客《黔西游记》的神韵，深入纵横阡陌的田园、峰林。

沿着歌声的轨迹，我看见我的父兄，自由着，快乐着。

我多想蘸着一池春水，为峰林写下几行嫩绿的诗句，同鸟儿一起飞，

一起衔着我的灵魂，与一首原生态的老歌一起飞翔。

（选自《辽河》2019年第9期）

渐渐被遗忘的月光

杨启刚

蓝天褪下青衫,天空暗淡下来;漂泊多年的月光,却没有如期而归。

我奔跑在自己的花园里,碰落了一些玫瑰散落的香气。那些带刺的月季,用荆棘刺破了一条河流的梦想。

夜,渐渐转入岑寂,虫鸣不再。油菜花簇拥的村庄,早已被一群蜜蜂破门而入,它们嗡嗡的声音,是驱赶夜幕的利器。

多么漆黑的村庄啊。零零星星的灯盏,把忽明忽暗的窗棂修饰得更加苍凉。正月未去,年轻人早已远走他乡,城市的灯红酒绿,是另一个诱惑的人间天堂。老弱病残的乡亲们啊,只有你们挪不动早已疲惫的双眸,永远都离不开这片湿润的土地与村庄。

生长于斯,病老于斯,就是一把枯骨,也要沉睡在高高的山岗之上。

就像那年出走的月光,清冷,孤独,凄凉,在漆黑的寒夜,闪烁着幽暗的微光。

一个人在黑夜里徘徊太久,他的心,就会变得冷漠,自私,毫无温暖的念想。就连空中的琼楼玉宇,也是那么的惆怅空旷。

月光,此时,不知躲藏在哪株古老的大树旁。那群窃窃私语的萤火虫,也正避开夜的圈套,飞行在低矮的草丛。

没有月光的子夜,一盏孤灯,寂寥地悬挂于古老的屋檐之上。

城市庞大的身影,已经丧失田园抒情的主题;一地破碎的月光,泼洒在城市嘈杂喧嚣的中央,早已没有乡村淳朴圆润的模样。

农历十六的苍穹啊,虽是一轮满月,却也不再那么皎洁明亮。

我只能低头悄悄叹息,举首啜泣张望。

村庄离我们越来越远,远得只有一个词的距离,远得中间只能夹着一弯孤月。

远得只有伸长怀念，心里却近得一片荒芜。

月色苍白，村庄微凉，它们正在渐渐地被一代人慢慢遗忘，被另一个星空悄然埋葬。

（选自《民族文学》2019年第2期）

在春天与一朵花相识

冉茂福

沿着一溪清泉,我寻觅你的踪迹。在如梦的阳光与碧绿的阔叶林,一些滋长清凉的岩石,诠释了这个春天最后的心情。

恍惚的影子,心灵久居的情人,苔藓样的斑斓,不惊不惧,如秋天的鸿雁渐行渐远。

伸长脖颈,寻找水波荡漾,弥漫的芳香,那些千年绽放的情愫随风而开。我知道,我的目光躲不开你的羞涩,躲不掉那些曾经青春的幻影。

冰凌般的花朵,一树玉女的手抚摸温热的大地。在无数个夜晚,

我看到了灵魂孤独的心跳以及蜿蜒曲折的小路,如何蕴藉世间的温暖,如何抒写美丽的传说。

一花一世界,一树一菩提。

逆水而行,追随游人的脚步,进深山穿峡谷,赏春天的风景。

其实,风景早存心中,只是为了一份缘一份丢不掉的眷恋。

与一花朵相识,是这个春天最大的幸福。

(选自《铜仁日报》2019年11月23日)

芝麻开花

佘金鑫

芝麻大的事。

是农家中的盛事。

布谷的一声鸣叫是引子。一粒粒黄色的、白色的、黑色的、杂色的芝麻，跳蚤一般，从农人的手掌中，一头扎进春天的泥土。

一转身，田间地头站满身着绿色衣裳的小苗。一眨眼，小苗们在一个夜晚，集体闯入夏天。

一如既往，豫南夏日的晴空，油彩明亮刺眼。巨大的蓝色玻璃屏幕中，炫耀着火球，白云是无语的过客，蝉声膨胀。

一场暴雨过后，大片绿色芝麻地把泥土抬高，举起一串串稠密的、洁白的、小小的喇叭花。站在正午的阳光下，脚踩40℃的泥土，打坐入定。历经日复一日的熏陶、开悟、涵养，为一粒粒小小的籽实汲取山川的灵气、土地的芬芳。

又一阵雷声远去。

芝麻们继续快乐开花。

一步步走上高处。

（选自《诗选刊》2019年第2期）

山歌调：采花节

阿 垅

不是柔软的柳枝，那是妹子葱白的手指。

采花要到高高的山上，天不亮起身梳妆的人，一丝不苟的碎发辫缀上了红珊瑚和绿松石。

不是落地的木梳，那是妹子失神的手指。

采花要走很远的路，匆忙忘记关门的人，胸前垂下的银盘装满了失眠的月色。

不是捣碎的海娜，那是妹子纤丽的手指。

采花要有个好天气，脸颊透出粉红的人，每遇一眼清泉，都要照照不一样的自己。

不是纠缠的丝线，那是妹子笃定的手指。

采花要各取所需，头巾上插满鲜花的人，颤动的枝叶掩饰不了跟随而来的心跳。

不是温情的回望，那是妹子娇嗔的手指。

千万不能三心二意，被同伴围在中间的人，你看我是多么着急，对不上山歌，拿不准调。

（选自《星星·散文诗》2019年第10期）

故乡，我甜蜜而忧伤地永远爱你（节选）

仲 彦

一

我是仲彦。原谅我，这个总为执著的追求而永远忧郁，而不停流浪着、千辛万苦奔波着的男人。这么多年来，一直捂紧被生活击痛的疮口，挺着被命运压弯的脊梁，仍那么一往情深地久久爱你，至死不渝……

我心中的童话，一直甜蜜而忧伤地开放着美丽的花朵，为你呵，我情绪中所有多愁善感的语言，一直都动人地流淌在你爱意最浓的怀抱，我时刻都准备倾尽自己在这个世上的所有，连剩下的最后这具失了灵魂的躯壳，也都准备让你翻来覆去地，好好亲吻……

放飞美丽的白色鸟写满无数铭心刻骨的思念，我伸向湛蓝宇宙伸向命运苦苦祈祷的双手，一直久久守候你美丽的诺言啊，我的帆船，握着命运的桨橹，在你阳光汇流而成的大河里，漂流很久了，但是心儿啊，绝对没有走出对你一丝一缕地牵挂……

二

我知道，你还在等我。

当你飘逸的白纱巾在空中缱绻着伤感地飘落；当涂满夕阳的黄昏，写满你思念的故事；当用心灵精心缝制的诗笺上，滴下你最后一滴清纯的泪水；当我穿过你爱情长长的雨季不再回首地离去，你仍在等我。

等我喃喃地诉说温情脉脉的爱意；

等我在自己沧桑的人生旅途仍用喑哑的喉咙唱出高亢、激越、明丽的带血歌谣；

等我在顽强的生命气息滋润出苍白、孤傲的削瘦容颜,从坎坷曲折的诗歌里走出来;

"初初的境遇里　你如何

缱绻淡淡的愁绪在我怀里

那么一遍遍低低地唤我低低地唤我"

读你幽忧哀怨地诉说,我只能站成一块日渐消瘦的石头,久久,久久无言……

是呀,"沿着这一溜沧桑的／坎坷小径,为什么不回家／回到用浪花遮盖的／生命和情感的避难所／在幸福的爱情深处居住／为什么不出来／一个人在风中　苦苦流浪……"

是的,人一辈子,拥有了铭心刻骨的故乡,还需寻求什么呢?

三

我一直为之豪放粗犷、幽怨缠绵的你呵!

你,细心、善良,如好看女孩一样的河流,所有浪花中最优秀、最出类拔萃、最贞洁善良的一朵,现在我就亲吻你粉白浆嫩的花蕊了;

现在我点燃自己的一切煮熟一切空气、一切阳光、一切芬芳的恋情,滋润你的灵魂、你的精神、你丰腴健美的肉体、你千姿百态全部动人的美感,你风情万种仪态万方的优美线条;

现在伸进你柔发的我的双手,轻轻轻轻拨弄你色彩斑斓的美丽琴弦,写出你我共同谱曲共同感动得热泪盈眶的旋律,悠悠荡漾着寻找精神家园和一腔乡愁啊;

谁的眼泪,在风中那朵雨做的云的怀抱里,伤心地飞?

你这最善解人意的浪漫清纯的河流,你纷扬的纤纤素手,为什么用波纹作针、用长长长长的雨丝作线,把眼泪缝好了,并且笑出温馨沉静、安宁祥和的笑容,使我这株在风中无比憔悴比我还瘦的植物,擦干了一生中所有沧桑的泪水?

你啊!

(选自《东方散文》2019年春季刊)

在黄昏里

剑 戈

水的上游是山口,青春的梦在那里流连。

月亮的细语,陶醉了成吉思汗的铁蹄。

我的名字该写在哪一块石上?

即使肥沃,即使陶醉,血液或者精神,终将在峡谷流淌不息……

许多年前,我的土地青葱茂盛。我荒芜了,整个春天,我在外流浪……如果不是那一阵惊呼,桃花的鲜艳必定淡雅。

知了的呼叫必定高亢,沉重的雪花找不到回家的路,一片一片,在风中怀念。

我应该拥有的行程——

之前,我迟到了;至今,我还在河岸寻那张船票。

我从未呼唤的名字。

布谷鸟在春雨中,一声声提醒;天边的惊雷砸碎了谁家的门楣?我的铧犁,开垦弯弯的哞声。

从未感觉有一阵涛声惊醒了河岸,从未感觉有一叶风帆惊艳了河流。直到有一天,从家门路过,那棵直身裸体的修竹,上面有我的名字。

四条河流,从西边走来。

芦苇疯长,一条闻迅而来的鱼张开双臂,像夜莺一样回到鸟巢。

如果让我看见一群白鹭,看见河水漫过坚硬的河床,也许,我的眼睛会在一瞬间失明。

只好想象遥远的摇篮,在孤独中颤栗。

(选自《南洞庭》2019年第2期)

远行的彼岸

赵广梅

站在清冷的水面,再一次翻开记忆的长卷。一宗宗,一帘帘,数着里面的故事,品着故事的酸甜。

远处迷蒙的山峦,曾是你远行的彼岸。为了山那边的世界,不顾我心底的呼喊。一路紧赶,

把我丢在空旷的水面,独守这段缠绵。

匆匆握别,难道就不再眷恋?思念的泪水,常常模糊我的双眼。即使倒流,也难以下咽。与你相识,也许只是一道美丽的风景线。季节变了,也就变了所有的心愿。

我祈求流风,快把水面上的晨雾驱散。让我再看一看,看一看远处的山峦,能否也会有,被岁月沉淀的思念。

就算爱已不在深秋,你也不会在深秋出现;我也要漂浮,漂浮在冷冷的水面,等待日出云开,

好把天涯望断。

(选自《绿野》2019 年第 3 期)

老家的老屋

向天笑

站在老屋的门口,离庄稼地很近,离庄稼也很近,离母亲的影子更近,还有奶奶的影子,大伯的影子,小叔的影子,一个个的影子,像一块块瓦片一样覆盖老家的屋顶,覆盖着我的满屋的回忆。

老屋真的老了,像父亲一样老了,连走路也不能走急了,生怕心脏受不了,生怕掉下一块瓦片。他说他什么都干不动了,最大的愿望是想我能将老屋翻新,至少不能垮掉,他总是不断地强调老屋是我们的根基。

老屋门前开满了栀子花,有的发黄了、有的枯萎了、有的凋谢了,有的含苞欲放,我没有采摘一朵,就转身离开,那满地的花瓣,随风轻轻吹动,像蠕动的嘴唇,说不出半句话语。

老屋真静,静到能听见虫子爬动的声音,那些虫子就这样爬满我的童年与少年,蛀着那些不幸的往事。

老屋门前有四棵樟树,象征着我们兄弟姐妹四个人,那都是父亲当年亲手栽的。

现在那些翠绿的叶片在风中摇曳,似乎在提醒我要叶落归根,可惜母亲不在了,树欲静而风不止……

(选自《诗潮》2019年第10期)

井是故乡的眼睛

李茂鸣

井在故乡依然清澈,井是故乡的眼睛。

无论我们行走到哪里,井都在原地站立等待着我们。

井也是一条河流,只是不像河水往低处流,而是从低处往高处倒灌。

我们这些喝井水长大的孩子,常常把水井当作自己的母亲。

背着家乡越走越远,但只要一转身就看见井的目光,贴着我们的脊背和脚步在世上移动。

井是故乡的眼睛,无论我们在世上怎样行走,也与井保持着某种秘密的联系。

(选自《星星·散文诗》2019年第12期)

草 垛（外一章）

鲁绪刚

倘若令冬天旷野中流浪的草垛，找到它自己的故乡。

我们必须歌颂泥土的博大与慈爱。

尘土灌满了肉身，接着蒙蔽了太阳的眼睛，无法看清远处的瓦檐与炊烟。雪踩过我们内心最柔软的部分，把一种叫疼痛的感受强加给我们。压抑的灵魂在微弱地喘息，释放出最原始的悸动。风更加肆无忌惮，咬啮我们的四肢和傲慢的头颅。

于此，我看见。日子一直在飘忽不定。

我的瘦小和单薄，我的弓着不能再弓的腰，必须承受骨头上的阴影和岁月留下的斧痕，以及那种断裂的声音。必须扫净思想里的杂念，单纯地在有限的生命里活着。

让我们膜拜土地，感谢它的恩赐、芳醇。

只要能渡过自己的漩涡，那怕成为一把土一缕焰火。

风 吹

山里的风就是我们的亲戚，温柔、亲切、和善。

从不凌驾于生活之上，仿佛看见茫茫旷野的孤独身影，把寂寞藏于内心，把歌声唱给人类。

流水从不屈服命运的安排，手中攥着岁月遗落的碎石，堵时间的枪口。只有风可以揭开阴影，露出礁石和暗藏的顽疾。真的，推波助澜不一定就是贬义的解释。犹如茫然地站在十字路口，如果有一缕风提醒，也许会选择正确的道路。

当然，活着。只有自己被自己左右。

与自然亲近的人，包括泥土和故乡，包括亲情和思念。

拥抱着无限的生命与渐渐老去的时光,以及慢慢被掏空的思想与肉身,与我们擦肩而过或者相撞一下,带着疼痛或寂寞,消融于茫茫旷野。

(选自《星星·散文诗》2019年第8期)

读父亲的空

弦 河

深夜的父亲，手掌在灯光下才能看见他的天。一辈子的酒话，一辈子活在酒话之外，唢呐和长号生锈了，话越来越多。

突兀的大树，海的遥远，抵不过你一只眼的深邃。

我可以抵达海边触摸海的冷暖，却无法触及你眼眸的光。

有时是我觉得视力不够，太年轻了，离长大还有好长的路；有时我觉得是我不够高，还在长，并老是埋怨你凌乱的胡子太长。

深夜的父亲，手掌在灯光下才能看见，他的静。夜的黑和光的亮让父亲迷惑。

翁子沟好静，您却在翁子沟的热闹中活了大半辈子。他没有停息的意思，您知道他停息不下来。我更知道，您害怕他停息下来。

他停下来就不是您的翁子沟了。他停下来翁子沟的花就不会再开，您的酒就没有稻花的香。

父亲，您是不是在怀念某一种时光。水泥路不止通向了县城，更通向最遥远的地方。不是山那边的山，山那边的海。

是最近的距离，最遥远的情感。

您用一辈子去维护家的和谐，现在只剩下一杯酒的火候。酒注定会醒，院子的桃花明年还开，我们还在继续爱。温和小酌，不能太近，也不能太远。刚好住得下一个人的空和静。

呃，因为你要走，而不是我要留，秋末的风才更寒冽。我踩着江南的落叶，那是等十月小阳春，仿佛为一次错过的相遇，我才听到有碎落的声响。

（选自《扬子江诗刊》2019年第4期）

种在心底的故乡（二章）

刘贵高

小地方的云

一列开往春天的高铁，从攥紧的指缝中划出优美的弧线。

小地方的云，在丘陵高冈和平畴沃野上，飘着楚文化的节律。

富水滔滔。广场上，翩翩起舞的流行音乐，与逶迤的长江有着某种隐秘的关联。

这随心所欲的季节，这淡淡而慵懒的情调，演绎着小城的内涵。

稻浪起伏。两三只蝴蝶，白的，黑的，粉的，翻飞追赶。

阳新大地，春天的雨，春天的梦，铺天盖地。

冯家塝

这个村庄如一颗毫不起眼的豆粒，在鄂东南的版图上点缀着飘忽的云岚。

这个村庄就是我的故乡，我的出生地，我的童年，我的无法抹去的记忆。

那些堂前屋后的脚印，那些包裹着泥土味的忧愁和快乐，被一只只低飞的雨燕轻轻托起。

渐远的时间，离去的亲人，疏离的乡情，一一回到我的面前。

手握这个名字，一股温暖油然而生。手握这个名字，一行热泪潸然而下。

（选自《乡村振兴》2019年第12期）

我不能说出春天结籽的忧伤

温 青

1

我呼喊，草地上谁在站立倾听：一颗开口的种子，突然在我的心头悚然一恸，为了愈加遥远的浮云，一把羽纱的伞合拢了雨打的惊恐。

"聪明的动物已经发觉"，一个时节的美丽，在于一个女孩对它的无限忠诚。是的，你不但拥有你的泪珠，还会拥有这个春天生长的爱情。

我凄怆的面庞，驻留着仰慕者耳畔依稀的琴声。如果你还在思念，就请在这个春天放那些青草出行——所有不朽的花朵，都将落下它花粉一样的疼痛。

2

看透了花的一切。感觉自己是一棵负罪的草，如同一段生长着的铭文，有一些细高的艰辛和岌岌可危的絮叨——那突然受惊的空间里，有一段春天里不能结果的生活。

一瞬间晃荡着的蓓蕾，如同睡眠里无法戒除的水墨。所有爱我的人们，为天色的死亡而狂跳——看，天纵英才的花瓣，在偏转的时光里翩翩舞蹈：春天不能再长大了，我们的紫色舞鞋，在光阶之上，已慢慢变老……

3

越开越弱，一袭绿色的火焰，在生命的高杆上燃烧。保持沉默的叶片，风中轻手轻脚，用心寻找纯粹的冷色——有一小片属于我：

为所爱的草地，隐藏一生的寂寞。"他的心绿，无声而晶莹，倾覆于一段春歌"。

爱过一朵花的内心，钟情于一棵细草——所有沉溺于体内的爱抚，比触摸更接近于春天的微笑，无数隐身于色彩的神明，变为根须的祈祷。

4

把整个心思贴在春天的一面，"另一面的青黄"缀在大地的面具上：是一颗草本的眼珠——画面青翠，隐没于红颜边缘的晨露。

从时令的舞台打马而去，太阳悬挂于乳香如梦的季节深处，距离的尺寸被青草连接。此时，我不能说出对春天结籽的担忧——一幕童年的真相开花，一节衰老的真情入土。对你们的爱情我需要躲避，我已不能承受春天的雨水，让开了百草结环的道路：在我爱的时候，它不断地扬花结籽；在我走的时候，它变成了烈日的奴仆。

5

长得急促了些，这些蚂蚱的胡须和皱纹累累的蚯蚓，在季节的恍惚里不停穿越着，不断打开四月的繁华和灰尘的卑怯。以"芬芳四溢的颂辞"，跨过草穗，形形色色。

所有低头的爱情，隐秘而放肆地分蘖着爬上了梯阶——以大自然的语法，表达出高于泥土的摇摆。此时，所有站定的骨骼，支撑起纤维化的叶脉，四处奔逃的风光，置身于春天的真相之外。

（选自《星星·散文诗》2019 年第 5 期）

村庄水稻，或致敬祖国的茂密

张 平

水稻，飘摇的水稻。九重天的水稻。七十年的水稻。

水稻出发，村庄出发。

村庄从一个偏远的山村出发。一盏悄悄的灯笼照亮祖国这个宽大的词。

祖国，从1949年的秋天出发。

行进坎坷，一寸水稻，七十年似在一个窄小的格子。那些思索并没有因为昏暗而透亮。有一些日子，风不调，雨不顺。一寸水稻喉咙里的歌并没有从布谷鸟的喉咙出发。

一寸水稻，在春天没有唱出欢乐的组章。

一寸水稻，压抑的纸笺，没有寄出天使的片段。

七十年，多少理想与青春激扬？

一个乡亲埋头，是一丛水稻的表情，暮色并不能遮掩他无助的目光。

一丛水稻，祖国沉重的石头。

靠天吃饭，沉重的石头不说话，沉重的石头嵌入命运的变幻。一位乡亲埋头辨认掌纹，那些熟悉的河流被岁月隐藏。七十年，掌纹交叉。

占卜术只是一个人的心理战，占卜下一个方向，一丛水稻飘摇。

农具打磨，那需要多少次月光的浸淫，在月光的银器，一丛水稻站成了风景。

那苗条的水稻，银饰装扮的水稻。

一丛水稻，做了父亲的新娘，又一丛水稻，乡村的古老展开，祖辈漾动酒香。谷的金色之歌，是水稻深层密码。七十年的密码。

谷，有人在梦中喊。

有人在金色迷途，他扛着农具迷失于深谷。稻谷，那么小朵的火焰，一旦打开，就是一个灵魂的迸发。

但，七十年的密码，谁也破译不了。

村庄就是那粒谷，饱满，艰忍，充血。最小的子宫。

祖国就是那粒谷。就是那小小的翅膀的风暴，孕育山川，河流。

水稻没有题目，我的脸挨了一刀又一刀，季节无语，水稻有时是冰雹。

砸碎了所有的梦。

梦的喊叫也无用。七十年，砸碎了多少梦？

水稻，九重天的水稻，没有恰当的火候，秋天无法成熟。

七十年，静静地跨越。

刨，我不是常在诗句中运用这个词，我不敢轻易使用。一首诗会因为刨了这个词失色。

刨是一个意象，有多少双手埋在地里，使劲地使用这个词，这不是使用一个词，是生命的全部在用力。

刨，牙根咬紧的词。

春天终于有了深度。

夏天终于有了深度。

秋天终于有了深度。

洁白的雪纷落，也没有这个词咬得紧。这个词咬紧祖国，那么深刻。

我的爱不会超出范围，围绕谷，我学会埋着头，打磨农具，学会了在梦中喊。

我知道村庄就是一座粮仓委以重任。

我知道祖国就是一座粮仓的茂密。

七十年，不是合起来的十笔。是挥洒，是颤动……

（选自《散文诗》2019年第10期）

说说这些涟漪（外一章）

司 舜

有柳技的村庄，就有婀娜的女子。

她们身子稍微一摆，就让桃花到达蜜月；就会有春风骑着马儿赶到。

刚好赶上树枝和水流，与阳光的恋爱，瀑布一样的枝条，如同多情女子的手臂，被时间碰了一下，就生出盎然的春意。

阳光的琴弦在树桠上弹奏，如痴如醉。

一群姑娘来到柳树之下，她们模仿着柳枝一样的身段，把内心的缠绵做成水一样的柔情。

这时一只鸟声飞过，一朵浪花跳起；这时我站在远处，压也压不住心头的涟漪。

一个女孩即将长大成人

空气中洋溢着水不消失的美，诉说只有乡村才拥有的万丈光芒。
我们纷纷倾倒，成为匍匐的植物。
春风一吹，一切就都静了下来
我低下头，看见好多金子和银子都闪着它们自己的光。
村庄很小，小如一粒谷粒，一粒小麦，一个土豆。
鸣虫像是特意养大的乐队，在风中日夜歌唱。
一个女孩即将长大成人。
风突然沙沙地握住她搭在前额上的玉手，和她低垂眼睑上的小小颤动。
她小小的心将要承受巨大的爱情，她将要成为母亲凋谢的身体里发芽的骨头。

在澄明的风里,这些姐妹,她们都想些什么?她们望见了什么?我全然不知,也似乎知道了一些。

我已经感觉到她们正在将自己内心湿润的气息送过来,春水一样;她脸颊上现出的瓦蓝瓦蓝的爱情,天空一样;她温暖的身子火焰一样。

她幸福的地方,她心花怒放的地方,只有村庄才盛得下。

(选自《诗潮》2019年第6期)

最后的夜晚

张 静

父亲蹲在大门外远视,目光浑浊,新病加旧疾,已大不如前。

只有阳光在使劲,在为营救一些事物散发着惊人的力,而百米之外的田野汹涌起来像个偏执狂。

但撑过中秋,父亲突然掉进忽深忽浅的意识里,根本不给做好准备的庄稼收割机会。

他垂危地躺着,在仅剩呼吸的身体里,起伏着生死的秘密,在即将关闭的时刻,我要用沉默来叙述这个:

幼年丧父,灾害年代饿得浮肿的人;读过几天书,练就一手好字的人;去苍山换粮,让一条路沸腾的人;把牲口摁倒在田埂,治得服服帖帖的人;跟命运暗暗较劲,专拣硬的来的人;重男轻女,不可原谅的人;丰盛食物摆在眼前,幸福得老泪纵横的人;每天克喘素,把日子掺进药里下咽的人;颤颤巍巍在过道里,验收棺木的人;给他输液、打针,任由摆布的人。

现在,他垂危地躺着,一刻比一刻难测。嘴唇干瘪,眼窝深陷。窗外的风,一点点走漏了声音。

我要在这冷酷的后半夜,裹紧自己。我要就着滴答的水声,瓦解半生的尖刺。我要潜伏到他的道路上,领悟他的一生和经历。

(选自《黄河报》2019 年 9 月 19 日)

村头那条路

孙 勇

一

野蒺藜开出黄色花朵的时候,湿滑的地气被太阳晒透,干涸的小水坑举着一片片泥瓦。

这个季节,村庄披着一身碧绿。

父母身上散发着浓浓的麦田的气息和榆枝柳条的节气,来往于村头的土路上。野蒺藜的芒刺扎疼脚板那天,布谷鸟飞进父母的日子,村子与麦田的距离,一夜之间缩短。

镰刀在父母的腰间上蹿下跳,憋了两个季节的它,跟着父母走出村子的一刹那,就迫不及待地舒展筋骨,掀起身后一溜尘烟,呛咳了路边的野蒺藜。

村庄已经入夜,村头的土路上,仍旧人欢马叫。

父母的天,就在这火热的村头土路上,被麦香吞没。

二

我的乡愁,是从我穿上军装开始的。

那天,父母把我送到村头,路边的野蒺藜已经苍老。

庄稼在路两边青立着,桑椹一枚一枚黑在叶子后面,村头的土路越发没了生气,只有我在兴奋,怎么想也想象不出军营里的我,会是什么样子。

我劝母亲不要哭,三年后,我还要吃母亲做的葱花手擀面,就蹲在村头的老槐树下。我劝父亲不要老抽烟,烟锅里剩下的烟油吸到肺里等于慢性自杀。

我控制不住自己的情绪,让父母早点回村,一溜烟儿小跑在村头的土路上。将要走进乡政府的那一刻,我的心被针尖儿扎了一下,当我回头再看村头的土路,一根绳子,从村庄甩出来,拴在了我的心上……

多年来,一闲下来,就看见父母在村头的土路上转悠,把我的脚印,踩成了春秋战国时期的古董。我仿佛看到,苍老的父母,像被庄稼吸收干、原本肥沃的一块好田。

三

村头的土路不见了,坚硬的水泥糊住了野蒺藜的锋芒。

退了颜色的军装,在水泥路上显得即生涩又土气。

路南面的孙家冢,被新农户的院落挡住;路北边的周家坟,被花椒园淹没。锄头和镰刀,早被父亲母亲从家院深处翻出来,打磨得锃光瓦亮,递到我的手中。

我没有犹豫,把旧军装整理好,放到豆腐块儿一样的被子上,端起母亲做好的葱花手擀面,蹲在村头的老槐树下,望着村庄通向远方的水泥路,一口气喝完。

我没有向父母道别。

我知道,当我坐上大巴车的时候,母亲一定又在村头的路边摘花椒,父亲蹲在老槐树下,呆呆地望着水泥路的另一头,抽着本来将要断了的旱烟。

身在他乡,村头的那条路,在我的泪光里,撕扯着父母的背影,绸带一样地舞动……

(选自《河南日报》2019年3月21日)

送鸟鸣(三章)

董喜阳

乡　村

乡村影影焯焯,三三两两
梦中的粉红色纽扣,颜色是浅的。突然的色彩呢
把童年支起来,仿佛一张折叠床
重叠的事物飞起来,长出了翅膀。激荡着浪花,飘逸着如柳絮
一首舒缓的长调,轻舞飞扬
现在,乡村的灵感激活于镜头的数次变焦
唯美再现,有点模糊,有点琐碎,有点撕裂……
还有点什么呢——那是你,缺席后
空掉的影子下,身临其境的真实
一贯的婀娜的抒情略显生涩,裙摆上
岁月的遗迹不再是一粒微尘。这些,阻碍了原本横溢的
叙事功能。可怕的瓷器,露出白色的光

送鸟鸣

春来送流水,花开递鸟鸣。
万物的属性恰如时钟,在时间中憋出细小的
声音。这响动和鸟鸣一起,并排
站在电线上,像是一种演练。
当流水漫过钟声,花开叶繁,那是我的春天吗?
与其说我们在形而上是假借春天

舞蹈，不如说我们在体内放了一把叫醒
自我的钥匙。一双翅膀，一次扇动的力量
一种超越一切的旋转
所以你总说：春天，一定把鸟鸣送来

流动的事物

　　逃离枝桠的叶片在旅行，弥漫在天地间的气体在旅行，跃出海面的鱼群在旅行，精神出走，与肉体之间位移的变化，也算旅行……流动的事物，日常画布上跑动的色彩，宣纸中呼喊的线条，都像是光的繁衍。灵动的事物，总能让世界学会取悦人类的感性器官。

　　假如你是光滑的水流，那么我要带你去旅行。远方很美，阳光很足。

　　那些大小不一的城镇、村庄，不再是地图上赶路的斑点。

　　山河湖泊，长亭短径，一次柳暗花明，一种心旷神怡，一场恋爱……亲近而又背离的红绿灯，恰就改变人生之河的航道。想走就走的冲动，就是自由的幻象。

　　出走或许不能解决你人生中任何难题，却能在远离原点，找寻诗意的火种。

　　你瞧，远处枝头。槐花的芬芳，暗香浮动。

（选自《扬子江诗刊》2019年第2期）

浏阳文庙

苏启平

瘦小的文庙,是一口清澈的泉眼。地底下是中华五千年文化波光荡漾的海。喷薄而出的记忆,凝结一块土地人才辈出的因果。

倾听,在每一块苍老的砖石上,每一道流淌着书香的缝隙里。那来自遥远的礼赞,清脆而铿锵。

天空下,琉璃瓦的黄,沾满城市喜获丰收之后的兴奋。

虔诚地拜倒在一棵古柏,询问一千年来浏阳的变迁。繁盛的香樟是藏着答案的书简,神秘而舒展。

邱之稑老人殚精竭虑之后的书写,演奏成一段旷世无双的音乐。从深远的历史里拿出一把铁锤,敲响沧桑满面的编钟。祭孔的韵律没有苍老,仿佛一位身穿古装的绝色少女。从文庙厚重的墙壁背后款款而来,温婉而迷人。

不要惊讶,不要回头!你的背后便是一场盛会,抑或无数羡慕的眼。

此刻,我耐心地倾听,听一条比浏阳河更为宽阔的河流从城市的中心缓缓流去。

沿岸是中华大地才华横溢的诗篇,灿烂辉煌的文明。

(选自《参花》2019 年第 3 期)

鸟鸣，在月光下集合

湮雨朦朦

其实对于鸟，并不陌生，但也不熟悉，我只叫得出几种鸟名，鹦鹉、燕子、乌鸦、火烈鸟，平时见到的也是燕子，它们灵巧如风，尾巴长长的，有时停着头却不停地左右窥探，身上总有一些白色的羽毛，待我看清，总是暗自窃喜，这喜从何而来，我也奇怪，但还是像晨间的鸟鸣把我从沉睡中唤醒一样，默默接受了，许是喜爱白？疑惑纯洁？

我这才明了，尘埃里，混杂太多，这小小的羽翼里却那么纯粹，一尘不染！

从夏夜中醒来的眼睛，与漫天的阳光对接，完成了沉默的对白，如果鸟鸣渗进皮肤，甚至衣衫，那可怎么办？

写一首诗？做一件鸣叫的长衫！一切都好，都被我娓娓道来。

诗的第一行，翠鸟，鸣的方式蚂蚁跳舞。高潮迭起时，一个女人和野兽，温顺善良，他们，他们治水，考察大禹的故乡，滔滔洪水淹没了咆哮的山庄，所有的动物倾巢。

结尾部分蝉鸣安详。薄如蝉翼的鸣叫锁进我的衣衫，我的生活是烈日下的乞讨？

哦，我只索要一枚情，一枚胳膊上的红痣。风像叶子，不断变换着心跳，叶子们是风的声音，像一只只无声的鸟，我也是，你呢，仿佛一只猫，伸出了一枚枚利爪，我还记得十二岁的那只猫，离开母猫就来到我的家，那么的背井离乡，它会悲伤吗？姑且不谈感情。

我听见小小的鸣叫，一只猫，现在是成群的鸟，所有的声音都长大了，唯独那只猫，火车载来的颤动是祭祀的鱼，一条又一条。

（选自《大沽河》2019年第1期）

乡愁,在一杯梅山红里升腾

山 珍

　　新化茶叶,有文字记载者,追溯至唐856年,清光绪年间达到鼎盛,期间年产红茶46000担,全部外销。

——题记

　　茶叶,在风吹、日晒,或者火烤中,封存心事。
　　生活,在阴晴圆缺悲欢离合中,轮回,或翻新。
　　踏三两点星光,汲一罐山泉,用上等枫木,烧沸。
　　邀四五个好友,围一炉炭火,泡壶梅山红,慢品。
　　诗意,就在茶叶于沸水中悠悠舒展时氤氲。
　　茶语,伴随着袅袅升腾的热气,内外飘香。
　　诗意的茶语,风韵茶中日月,宽广茶里乾坤。
　　茶语的诗意,延续东方文明,流长古国血脉。
　　一杯茶,暖口暖心、解渴解毒、传情传意,皆因本性。
　　一杯茶,由浓到淡、由热到凉、由深到浅,都是必然。
　　一杯茶,浓酽故乡的气息,稠密亲人的牵挂,拨动游子的乡愁。
　　一杯茶,鲜活春天的柔情,清凉盛夏的暴烈,煨热隆冬的冰雪。
　　在岁月的沃壤里,茶叶静静地吸纳风雨,以青春融合天地精华。
　　在激情的浸泡中,茶叶缓缓地绽放芳心,似少女倾吐惊世初恋。
　　在雕版的墨痕间,茶叶柔柔地诉说历史,如长者翻晒经年往事。
　　在悠长的古道上,茶叶窣窣地穿越沧桑,若清泉漫步岩层石缝。
　　顺一叶茶,逆流而上,可捕捉纤纤玉指的纹理和体香,可聆听茶园情歌的直白与火辣。
　　乘一叶茶,顺流而下,可观摩百态人生的平铺和跌宕,可辨析冷暖人世的真善与丑恶。

捧一杯茶，伴一盏灯，对话秦皇汉武，论辩唐宗宋祖，阅尽风流人物，数我辈最英雄。

捧一杯茶，摊一卷书，策马雪山草原，遏浪长江黄河，游历大好河山，唯故乡常入梦。

处身日子陀螺般狂转的时代，更应该品味茶的平和与恬静，以放慢脚步，闲适心情，圆润智慧，映照灵魂。

当我们忙碌得忘记自己从哪里来向何处去的时候，更应该在茶的闲与慢里追问自己的初心，坚守自己的梦想。

当我们被滚滚物欲撞得晕头转向不辨东西的时候，更应该在茶的清与雅中揉醒自己的醉眼，紧缩自己的贪念。

人活在世上，哪怕匍成一株草蠕成一条虫碎成一粒沙，只要良知秉烛未眠，灵魂光芒四射，就能形成价值，成为伟大！

（选自《娄底日报》2019年1月15日）

第五辑
岁月的馈赠

宅之男（五章）

刘 川

大风起兮

大风起兮，云飞扬。有一朵姓王、一朵姓刘、一朵姓张，反正谁在看云，就有一朵云随他（她）的姓。

云飞来飞去，在室外，尽享户外运动之乐。我呢，则在室内，喝白开水、啃黑面包、枕书、打哈欠、跷二郎腿、听刀郎，做一个与世隔绝的宅男。

每个周末，我都不看云。暖暖的被子，被我躺成一朵自在的云。

有时会突然因为想到什么，而坐起、或站起，愣愣地面对空气。

宅内没有大风。于是电风扇之风起兮，衣袂成波。你会想到吗？一个四十多岁的男人，不知痴痴地想着什么。他的一件破背心，被风吹出持续颤动的波纹。看上去，微微发胖的身体如在沧浪游泳。

游啊游，游一个下午。

泛海而来

因为想你，我泛海而来，一叶舟上，我顺便洗脚。脚插在汪洋里，顺便也当桨。

天上，一朵云来，挂在我的身上，顺便作帆。

都是极其平常顺便的事。如果有一点点刻意，我就不会来了。我会在大海里，随着洋流而去——与我在你的心里，被你自然而然地想念，都是一样的。

出 行

今日出行，不带道具，进入人群，携脸而行。

有时出行就不是这样，而是携带月票卡、银行卡、身份证。

有时还要携带合同、契约书。

有时携带管制刀具——不是凶器，而是去帮人削白菜。

最多的时候，携带一张脸。足够了。虽然只是一张普通而平庸的脸，却暗藏这个时代所需要的全部表情。

孔夫子

我的春秋时代的偶像有二人。一曰：周公旦。一曰：孔丘。

此刻我写的是后者。

其实只言片语不足以写孔子。我远远看见一个高而瘦的身影。

挤过齐鲁之间，挤过冬夏之间，挤过人鬼之间，挤过荣辱之间。

来到我的桌前，只是父亲般简单地问我一句：寒乎？饭乎？仁义在乎？

我放下笔，连忙点头。

点头之前，已是泪流满面！

有朋自远方来

有朋自远方来，不亦乐乎？当然乐。

若是我自己，作为某某的朋友，朝远方的他而去，他亦当乐乎？当然乐。

于是，我动身于黎明、于半夜、于黄昏、于任何时分。朝向远方不同的朋友。

让他们不同时刻，都有一份乐，在心头荡漾而起，他们争相叫嚷：刘川来了。刘川这厮，终于要到了。

（选自《星星·散文诗》2019 年第 5 期）

山　盟（外一章）

曾　瀑

高中毕业的那一年，我们三人，一同投笔从戎，与青藏高原上的雪山，歃血为盟，义结金兰。

多么难忘的岁月啊。我们与山为伍，风餐露宿，枕山而眠，邀山共饮，对酒当歌。

两年后，我和成忠义带着几座烂醉的山，与李骞挥泪泣别，其中一座怎么也拦不住，随他一道登上了冰冷的闷罐车。

我到长沙上军校的那一年，一位战友来信对我说，成忠义退伍之后，一座山突然不知去向。这对我来说已不是什么秘密，自从离开青海后，我的身边也有一座山，如影相随，寸步不离。

八百里无人区，让我们的青春，过早地凋谢了，但却各自收获了一座圣洁的雪山。

白杨林

一片白杨林。记不清在何处。

似乎在德令哈，又好像在怀头他拉。似乎在沙漠，又好像在草原。也可能在月亮上。

我只记得，在一个颓圮的小城外。一本杂志的东南面，一双解放鞋鞋带尽头。像一枚邮票，盖着模糊的邮戳。

它们好像是一支部队。好像是一个营，又好像是一个团。不知道从何处开来。不言语，只打手势。不知道谁是营长或者团长，谁是士兵。好像在执行一项最特殊最神秘的任务。

我只记得，当我一个趔趄，栽倒在泥泞中，许多白杨树纷纷跑过来，轻轻将我扶起，像扶起一个掉队的新兵。

（选自《中国铁路文艺》2019年第6期）

上空,亮日(外一章)

李俊功

呆日当空,顿然,心开如绿荷。
瞅见不是十分重要的事情,功善的接近,力行是它的同义词。
你应该当下光明,别无杂染。
熔炼如其质。
如何做到日常的定格?亮日如大愿,亦如一蕊善心!
你会说,看到了,看到了,又一天新的日出。沉着于对睡梦的冶炼或者提醒,
我情愿擎举深夜的日照,已不仅仅唯我一人。
总是有人说:见日,重新活过一日,而文雅的则谓,得庆更生。
熔日在怀,每于黑夜,除障碍,忘记不朽,拐过一天最后一个弯,观照一颗静如夭夭桃花的妙境
——我有登临彼岸的大心。

灯,光芒之灯

尽启光明,一盏灯。
在尊者之前,在自己的阴暗之上。一切,终将过去:我尚能自驾自身否?深藏过去的自己,我的天问。这样的守护,千年的约定,一盏灯的幸福,需要照见自己,路,佛光。
最好,像自己一样安稳,醒着,光,智,琉璃般净念。
持灯,我观照到了,尊者,静定于无限的光芒之中。
越大越静。一念间,甚至额头,缀满了光耀的星星。

(选自《世界华文散文诗年选微刊》2019年12月23日)

被认出的（外一章）

陈茂慧

历史的纸页被人反复翻动，或追忆，或述怀，抑或警醒。

都是过去式。它们的未来，正在今天被人们一一呈现。

被认出的——

过去的梦境与希冀。曾经灰色的天空，倒映的云朵已散乱。而雨声都消逝无痕。

谁说世界是沉寂的？谁说光阴是流转的？谁说眼前的树上悬挂着闪亮的珍珠？

万一被认出，这千年前的兽形，万年前的化石。它们所受的禁锢，谁懂？

那些明暗相间的纹路与斑痕、隐藏的秘密，被认出。

一场鸟鸣被认出。缤纷的落英充当了背景。

预言成真。三月成了一个道具，站在预设的舞台。

有人戴着面具裸奔。大地跟着疯狂后退。

一排排树木牵起手臂，重叠的叶脉，重叠的阴影，重叠的目光。

枯黄的、凋弊的。被砍伐的，不止落叶松，不止白桦树。

还有未被认出的：极端气候里的逆行者，历史事件的悲情者，深陷废墟中的抒情者。

戴面具者，以面具为生。

被认出的，搬出未来，以此为屏。仿佛纵横交错的皆为坦途。

诗　歌

"肉体如安静的庙宇，到哪里去找我们最初见面的时刻。"

每一缕梵音升起，在燃烧的香雾后，在庙宇里木鱼声声中；每一双眼睛在庙里庙外寻找,与肉体契合的节奏和安放灵魂的屋舍。

到哪里去寻找这样一间屋舍?

竖排的诗行,横排的诗行,都能构成牢固的栅栏,锁住你我。而那些飘逸的诗情就是门,打开、放飞。

故意设置障碍,故意竖起栅栏;文字的密码,标点的密码,结构的密码,气韵的密码,我们用不同的方式解锁、打开……

我们乐此不疲——

在有月光的夜晚。在鲜花盛开的河畔。在袅袅炊烟弥漫的清晨。在落叶飘尽的黄昏。在高铁风驰电掣的山峦间。在通往寺庙的叩等身长头的背影上。在莲花灯光的照射下。在褪色的经幡飘摇的沧桑里……

光与暗,都能认出彼此;阻隔与通道,均能听到歌吟。

今生和来世,我们掌握着同一道密码,穿越、飞升、羽化。

(选自《散文诗》2019 年第 6 期)

心 界（外一章）

王猛仁

试图躲开烦嚣的世尘，在夕阳如血的背后，勾画着你的容颜。

我把那首赞咏大海的诗念了又念，正如空泛的日子里心头的扰攘喧呼，化作含糊不清的呓语，拍打着昨日的堤岸，淡化，掩饰，或者裁剪遥远的距离。

多少神奇的机遇装点着我的征途，一丝一缕，铭心刻骨。

牧笛碧清，雕像皱褶的衣袖里，有鸟雀营巢，有甜美嘹亮的乐音，在梦境无法隐匿的那一刻，深深地攫住了我。

直立行走的滩涂，遍布着风险、虚饰与暗礁。

今天，与你目光的首次相接，迫使我在某种深刻而纯粹的光芒里，在父母捎来的思念中，终止了悲悯、眼泪与憎恨。

倘若我不能放下怜悯，我该怎样拥抱你羞惭的啜泣？

你含笑时的悲伤与流泪时的喜悦，像一抹渐渐西沉的月影，溶入天际，将多少隔世的幽怨，消融于天涯。

我丝毫不会怀疑，你能展开一对雪白的翅膀，在回忆涨满柔情的风里，飘飏于方寸之间，让我的酣梦绽放花蕾。

就这样听着那歌，踩着阳光流动的声音，轻抚着自己的脸颊，让海风狂吹。

炙日的风景总是一闪即逝。

如今，坐在现实与梦幻奏出的序曲里，潮湿的天空与微茫的叹息和我心里的暑季同时到来，一朵漂泊在岁月长空的白云，已经悄悄长出青叶的心事，向北方摇去的小舟，依然回响着你我渐逝的跫音。

阐 释

抬头,那片深邃的天空,总有知了的鸣唱与久别的温情。

院内一棵向四周逸出的核桃树,痴痴地站着渴求艳阳的爱抚,洒下浓密而幽静的荫凉,把厚厚实实的果实,擎举在诗歌的殿堂。

树下,一双美丽的眸子,皎洁而清亮,像容光焕发的仙灵,把夜的清辉和白日里的繁华畅然送达。

一轴如锦的色彩,轻拂夏蝉声声的笑语,把梦的帷幔裙裾拉长。

一阵绵绵霏霏的微雨,从稍纵即逝的时光里,匆匆掠过,难舍布满风痕的笑靥和一场蓝色的幽幻。

无边的心灵,拍击着急速腾飞的翅翼,从热浪滚滚的平原,来寻觅汗水浸湿的大海,并且,顶着蔽日的浮云,在身上刻下光临的纪念。

我必须写一首诗给你,就写我们观海踏浪时的心情和火一样的颜色。

绵绵柔柔的声音传入耳畔,从天空降落人间,却不见仆仆风尘的形迹。

想必这是诗人纷纭繁复的心曲,是长着万千翅膀的言语,猝然间,在脚下喷发出蓬勃的青春,随着轻松而欢快的韵律,在漫长的岸边凝聚成岩。

炎炎的白昼,像激情燃烧的火焰,在无言的寂寞中,偷偷地溜走。

至此,我开始吟诵诗人抛给大海的诗句。

并且,让灵魂在高空飞骞,然后沿着思想的汁液,寻觅又一处避暑的胜地。

诗人与歌声,在相知的林间与轻曳的风中,在生命的空间与漫长的等待里,以诗的韵律,再次响起。

趁着夜色的朦胧,向我细细阐释,日光与月光的奥秘……

(选自《大河诗歌》2019年冬卷)

在李府门前（外一章）

武 稚

在李府门前，我保持片刻沉默。

少年时擎挂的灯笼，此刻还闪烁着老眼昏花的温情。大块大块的阳光，铺满庭院，这里隐藏一个世纪的波澜和宁静。一截枯藤爬上白墙，干枯的躯体不知是否还有青心。

肯定也有过驻足、回望和仰望，不过是对自己的嘲讽。

大概也知道什么是泪、屈辱、骂名，大概也想做阳光下温良的子民，也想躲在蚕房静候安稳。可是转身而去的只能是风。

有些人啊，来和去，只是为了演绎一遍人世间的欢喜和悲苦。

注：李府，即合肥市李鸿章故居，位于合肥市淮河路步行街上。

那些走过李府的人

那些走过李府的人，一部分人挤向左，一部分人挤向右。

一街灯火璀璨，一街醇香老酒，梦把一生的清醒倒出。

那些走过的人，面容鲜活，步履轻盈。就该像花一样，不顾一切地开，就该在红尘中，欢愉自在。

每个人都轻飘飘地走过你，黑色的大门紧锁着，黑色的大门深沉得荡不出浪花和涟漪。

每一扇那样的门，都曾住过那样一个你，每一扇那样的门，都有点失忆。

（选自"中国散文诗研究中心"公众号 2019 年 7 月）

定根水

鸽 子

你不能晚，一晚，江山与美人就会老去。

你早，百年就会成五百年。

五月，栽烤烟的季节。阳光如火，我是火中的一粒栗。慢慢成熟，等着时间的手，将我取出。阳火始终如火。而雨，并无现身的迹象。

布谷夜以继日地叫。烟苗，不可能等雨水来临之后，再慢慢栽培。

一根烟苗究竟怎样突破烈日的围剿，亮出自己的精彩？

作为旁观者，永远无法参透这秘密。

渺小的我，无法像哲学家一样，通过思维思考，归纳出答案。我找到正确答案的唯一办法与途径，不是空谈道理，只有实际践行。

我爱实干胜过空想。

犁地、分垄、栽烟苗……这一气呵成亲近土地的劳作，让我激动、兴奋而充满激情。

覆完地膜后，必须给栽好的烟苗，重要而必不可少的一个环节就是给苗浇定根水。

水要浇足，透根，才能确保烟苗的成活。苗要扶正，才能确保一根精气神烟苗的出现。

明晃晃的光、清汪汪的水、绿茵茵的苗一同给我上课。

我认真栽烟，不敢有丝毫的马虎。

我认真给烟浇水，确保烟苗根深蒂固。

每浇好一根烟苗的定根水时，我都暗暗在心底给自己浇一次定根水。

每浇完一根烟苗的定根水，我直腰，我感觉好像自己的脚又稳实了许多。

培人如栽烟，浇不好定根水，一万个孔子，也培育不出一个好弟子。

我的定根水。浇给烟草,浇给自以为是的自己,也浇给遇到了我的你!

(选自《星河》2019 年秋卷)

诗境中的寒鸦图（五章）

心 亦

寒鸦：即逝的时光

黄昏悬垂枝头，十指，把大小不一的木琴敲击。一只寒鸦登高远望，身体在凛冽的风中战栗。

如钩的新月，一头扎进它灰白的眼里，溅起的雪花，撒白了一地。

回声阵阵，是一级一级的台阶：爬着，爬着……就没了自己。

寒鸦的黑

这只寒鸦，在灰色蒙蒙的天底下飞。比灵魂的欲望轻，比上帝的旨意低，比一朵雪花高了几毫米。

这是一个浓缩的黑夜，用重重的铁锤都敲不碎。但它却不敢与雪原茫茫的白，对视一回。只是一头扎进空空的饥饿，靠收集雪：破碎或断翅的响声，充饥。

这样的黑，这样孤寂地凝视。一只瓷质的梅瓶，碎骨粉身，却比看雪色的碎白，更轻；比看闪亮的灯火，更明；比用一把钝刀夺人性命，更残忍。

寒鸦：羽毛的庙宇

寒鸦的嗓门，直白而率真，酷似陡峭的山峦；又如修行时，山谷回声在耳畔砸出的深渊。

一枚黑色羽毛，脱离了苦海，跌跌撞撞，飘落到残破的蛛网上：

试探。风雪之中，这尊已经圆寂的微型庙宇，依然保持着羽毛的通灵，在孤丝上，独悬。

地球：浩瀚宇宙中，一枚孤寂的卵，在梦寐以求，幼鸦呢喃破壳而出的瞬间。

雪原的尽头，峰回路转；低旋的寒鸦，让天空有了调整角度的支点。

寒鸦：版画上的宁静

一只寒鸦，整个下午都在半空中，踉踉跄跄，盘绕着身后的黑线。

眼前无数的圆圈，环环相生，连同盘根错节的情绪，相生相克的情节，都被我毫无保留地雕刻进了檀树的木板。

屋里的世界，顿时变得有棱有角，有凹有凸，或明或暗，或深或浅。版画中，寒鸦的翅影下，茂盛生长的宁静，瞬间爬满了四周的墙面。

寒鸦的警惕

天地间，有一种宿命的对视，刚刚发生。白雪的国度里，几滴沉默的夜色，波澜不惊……

在海南万泉河畔浓密的雨林里，一只乌鸦站立枝头，眺望汹涌的洪水，对北方遥远陌生的苍寂，时刻保持着

高度的警惕。

（选自《散文诗》2019年第4期）

述"异"记(二章)

李 成

彩 鸟

那是哪一年哪一月,我不记得了。在我那贫瘠的、质朴的村庄,我在一棵苦楝树上发现一只很大的彩色的鸟。

当时我正要出门去,走到了家门口的路边,一树苍翠,枝叶团团,却非常安静;我发现那只五彩鸟一身斑斓,正落在叶簇之中,像是点缀其中的一朵花,那么显眼。它几乎一动不动,微侧着脑袋,朝着路边看,不过,我没有看清它的眼睛珠是否在滴溜溜地转。

它周身以绿色为主,尾巴稍长,尾尖是黑色的,而两翼和背部却又是红色的,它的颈项边还有白色条纹,它的头部又是近似黄玉。它真是一只五彩鸟。有点像我后来在都市的禽鸟馆见到的鹦鹉。

我看到了这只五彩鸟便很惊讶!这是我从来也没有见过的呀!在我这北温带的家乡,从来也没有彩色鸟;如果有,也应该在深山老林里;我们这里有的也是灰色的麻雀、乳白的鸽子,黑色的乌鸦、黑中带白的喜鹊。颜色这样鲜艳的鸟,我一直认为只是在热带、亚热带才会有的。

而它现在出现在我们村庄。我最初想:它是雉鸡吧?在离我家八九里远的山区,不是曾经有一座雉鸡塔吗?但我又怀疑它不是,因为雉鸡大约不会飞到这么高的树上吧?

那么它是鹦鹉?我同样不敢肯定;我的有限的生物学知识告诉我:鹦鹉应当产在热带丛林,这儿跟热带相隔千里。

当然,我也知道它不会是传说中的凤鸟——凤凰,那是何等曼妙、精彩的鸟,它的尾巴是长长的,简直像纷飘的触须,它的头部虽然像雄鸡,但它有着精巧的凤冠……

那么这是一种什么鸟呢,却也这么五彩斑斓?更重要的是,它来自哪里,它是从热带千里迢迢地飞来,那么它经历了多少风险,要跋山涉水经过多少日子,在这途中,它如何躲得过天敌和自然界的风霜雨雪……如果它就来自几里外的山区,那么它是属于哪一种类,它们为何没有因这么漂亮的颜色而被人类捕光杀尽?……

这一切都不得而知,这一切都是谜。我无从追问。我甚至没有在周围探索,看是否还有它的同类。

我当时一如往常地沿着村路走了,大约是去会朋友,去借书,到了别的村庄。回来时,已近黄昏,我到了家门口的路边,朝刚才停栖着彩色鸟的绿树上看,它已经飞走了,那里什么也没有了,那树也似乎显得黯淡无光。

我后来也一直弄不清这是只什么鸟。我是一个平凡的人,我当然不敢做什么"凤鸟适至"的梦,何况那凤也是子虚乌有的吧?我只是好奇:它是什么,来自哪里,为何而来,为何而去……

我认为这是大自然呈现给我的一个小小的秘密。

陨 石

作家贾平凹写过一篇有名的散文《丑石》。大约讲的是野地里有一块石头,奇形怪状,并不好看,也不中用,人人都唾弃它,但最后来了一群科学家,用车子把它载到了城里,放进研究室要研究它,原来它是一块陨石——"天外来客"。

我听母亲说,我们村子周围也落过陨石;只是她不会用"陨石"这个名词。

那时候,我大约十三四岁,正是对世界上的万事万物发生兴趣的时候,有一次我问妈妈:我们村庄周围是否有过奇异的现象,你是否见过神秘的事物?……她摇摇头,但过了一会儿,却放下手中的针线——她正在缝一件衣裳,说:只有一件有点奇怪,就是那一年,你还很小,大约是黄昏,天下落下一只大火团,落在村庄的背后那一片丘岗上,远望处,半个天边都火光熊熊,田野里劳作的乡亲们都很惊讶,都以为村庄里起了大火——火灾,便纷纷放下手中的锄头镰刀、肩上的担子水桶,拔腿就往村庄跑,准备救火。但跑过来一看,什么也没有;火光也消失了,一切安然无恙。你说怪不怪?

我笑了,我说:这没有什么奇怪,这是陨石……

其实,我心里也觉得有些奇怪,毕竟陨石是天外来客,它怎么会落到这里,有那么大的火光,应该体积很大吧,为何又没有砸坏庄稼、屋舍、人畜?它正好在接近地面的时候,燃烧净尽,化为乌有?那是多么幸运!

我后来常常在村庄后面的丘岗上走动。我想找到陨石抑或它留下的残迹、印痕,可是,我什么也没有找到,因为我没有一点天文学知识,我也无从找起。

我只有去想象,那是什么样的情景,在陨石落下来的一刹那。

它迅疾地坠向地面:它与空气剧烈地摩擦,它燃烧起来了,周身都腾起熊熊的烈焰;

一团巨大的火焰坠向大地,它的光芒把天空大地都映亮,它照得黄昏比正午还明亮。

它照亮了树林里的每一棵树,树上的每一片叶子;

它照亮了丘岗上爬动的、飞行的小动物们,让它们闪烁惊慌的眼神;

它照亮了池塘、溪流,照亮了水中的鱼虾……

它照亮了山谷,照亮了洞穴,照亮了幽秘的一切……

或许,它也照亮了我的梦境——我想象我还很幼小,还在竹榻上睡眠——

只是我忘了问母亲,它发出了声音吗?我只能想象它是无声地燃烧,把自己化为一束光,抑或——

把自己神秘的内核藏在人们找不到的地方……

(选自 2019 年 12 月 29 日《九江日报》)

烛光的回忆（外二章）

徐春芳

夜的调色越来越浓，烛光的热烈淡下去，我的记忆也将一寸寸淡下去。

当秋风把裙子像花朵一样从少女身上打落，我怜惜一朵红色的裙子，像玫瑰在我心园的曾经开放。

如今秋风在吹，秋风如流水卷走那朵红裙子。

而我，在秋风的淹没中大口喘息。

时间坐在水上，时间把人随意飘荡。我将去何方？

那躲入爱情内核的女人，拒绝我的心灵洞开。秋天把果核在土地中深埋，谁能抵达枝叶青青外延。

我的叹息无力如一枚落叶。

烛火渐渐淡去，我的记忆已一寸寸淡去。

女人的嘴唇是一弯残月

在我的花园里，你站着。

在你的眼睛里，我留下。

我们走过的路，是你围在脖子上的红丝巾吗？

女人的嘴唇是一弯残月，下面是我颤栗着的夜。

夜深了。夜浸到我的骨头里。慢慢细品一匙夜色，里面最浓的是你的声音。酒吧里最孤独的是我面前摇晃的烛火。火红的狐狸尾巴一闪，一座都市森林飘走了。

在我的花园里，花谢了。

在你的眼睛里，春逝了。

游侠,游侠

唐朝好天气。到处放牧白马的四蹄。春风得意,游侠的眼看遍长安街道纷纷攘攘吵着春天的花朵。

风尘满面,杏花的酒旗飘摇,招引你停下。

你痛快的声音在夜光杯里泛光,"来,来,一饮而尽,一饮而尽。"

(白马呢,白马在垂杨荫里,极度亢奋的嘶鸣。)

意气风发,游侠的目光犀利如剑,冷艳如剑,渴待在谁的头颅上磨亮呢?

豪爽的笑声穿透酒店,穿透现实的一切,直扑遥远的阳关。友人折来的一支柳色上布满整个春天。

芬芳的酒味,在喉间凝咽。

(白马呢,白马的蹄音溅满咸阳古道,萋萋芳草的生长,空在你绵绵的视线之外。)

沙场,烽火照亮的沙场。

敌骑的鼓点追动你的心房,你矫捷的身形迎上。剑气呼啸,剑气急急地呼啸。

黄沙百战,磨损你身上金甲的光芒。快意啊,你最后一声带血的呐喊,惊破敌胆。

(白马呢,白马在尸骨横陈的沙场无边暗哑。)

高高的秋月呵,在死气沉沉的沙场上行走。寒鸦的声音,凄寒地扩散整块天空。

游侠,你的魂灵四方飘荡,何须家乡?

凉凉的秋月呵,照遍深闺人的好梦。

侠骨的香,透过沙场的沙粒。

千年后的我手捧沙粒。香气窒息胸膛。

(白马呢?白马在死亡的归途上。闪电般的奔跑那个时代的光亮。)

(选自2019年7月15《安庆日报》)

途经的水（外一章）

清　水

　　为了取一些干净的水和桑叶，我跟随迁徙的鱼群，渡过了三条大河。

　　鱼群有着自己的记忆，无意识往前是它们重要的经验。它们充满好奇，对新异的事物过目不忘。更多时候，它们洄游到深处的静水等待产卵。寒流来临，在最冰冷的寒流深处的彻骨里，它们产下鱼的孩子。

　　向更深的逆流游去。树枝泛出青色，在后面徒劳地追赶。

　　磷光聚集，溯流而上。这长长的迁徙的生灵灼伤了我的眼睛。它们如此年轻，又如此苍老。它们聚拢自己的道路，道路不会失信于一个鱼群。

　　我看见身驮青苇和尺素的骢马，晨昏不歇走在路上。

　　我看见一只黑色的翅鸢，在一条河流旁，清洗尘埃里它小小的身子。

　　我忘记了时间和空间，隔了几条河的距离，我依然想要前来迎接你。哒哒哒的马背上，有人正唱《定风波》："莫听穿林打叶声，何妨吟啸且徐行。竹杖芒鞋轻胜马，谁怕？一蓑烟雨任平生……"空阔的天地间，我看到你正以你之外在生长。

　　风声冽冽。天空的火焰在对岸慢慢熄灭。又在此岸熊熊燃起。

　　河流积沛雨意，大雨突然来临。

　　大雨坍塌了一个人内心的暗。

　　大雨是另一个鱼群。

旅人图

　　流浪人睡在长亭。

下雨的长亭。雨落进你的身体。每一粒都清晰。

雨把你叫醒，说木槿花刚刚盛开说两匹石马运来了青苔。

雨水瞬间栽入泥土，仿佛紧紧握住一本经书。

有人说迷路。说白天黑夜一个城市虚无。离天空最近的，有风过的脚步。

你的背影有微卷的伤。却始终朝着水的流向。

这个冬天，一些河流改变了走向。那些被风吹皱的断墙，断墙上生生死死的信仰和倔强。

我看见地黄开在薄薄的尘土上。

花瓣干枯暗香。

沉默的旅人，你是否也想起了默温的诗句：那几乎听见的声音，光芒回避我的眼睛。

流浪人一言不发。青铜色的雨和你彼此安慰。

雨水一点点涨起，遥远的城市冒出最后一个水泡。我听见有人正把我叫醒。

（选自《星星·散文诗》2019年第2期）

蔡文姬

马仕安

水星流落的秋天。

环形山溢满的悲愤。哽哽地潜在胡笳嘶鸣的节奏里，被你苍篁般憔悴的素指，揉挪成一支盈满酸涩的歌。

你本是一个博学多艺的大家闺秀，可人生的无奈和坎坷，却让你婷婷玉立的纤姿，背负着尘世间太多太多的折磨。

捧着英年早逝的夫魂，你掩面泣泣地将郁结于心的辛酸，锁进更深露重的茅舍，独自缝补多艰的生活。

然而，坐在风雨之上的沧桑，还未走出悲与痛的煎熬。一场狼烟篡弑的掠夺，使你悲泪打湿的身子，凄凄地、凄凄地沦落匈奴左贤王的毡帐，含垢忍辱，孤吟悲歌。

殷殷忧忧的日子，纵使酸楚的膝下哺子一双，纵使数十载的漂泊已使你的美貌消损凋落。但你梦的茎叶上，仍挂着故国的父老、故国的山河。

手捧价值连城的玉，你于马蹄声碎的悲悲戚戚中，含恨痛别了这方人间烟火。

可你哪知，昔日的故国，已在涂炭的兵燹中破败萧索。冥思苦想的亲人，早已撒手人寰，零落为一地凄凉。荒芜的天宇下，你孑立茕茕的影，折叠着生命的坎坎坷坷。

噙着无声的痛，抚着一脸怅怅的霜，你在举目无亲的故土，无奈地打发着自己的日升月落。

从此，你含着补丁重重的生活，幽幽地将一帘梦呓斟进深深浅浅的暗夜之杯，郁郁寡欢，苦中作乐。而那些爬满心胸不可言状的痛，则不分昼夜地缠着你瘦弱的身躯，在淡淡的风霜中来回奔波、来回穿梭。

于是看到,你薄如秋水的一生,远远逝去不只是青春的承诺,更多的则是些挥之不去的遗恨和蹉跎。以至你笃定的足音,历经几千年的洗礼之后,仍能触痛芸芸众生的魂魄。

(选自《黔西南日报》2019 年 9 月 16 日)

像树一样站直

白炳安

我植根端州，树一样活着，不再年轻。

修复心灵被钉过的伤口，看清自己的成长，才有了眺望的高度。

可惜我挺直得像树一样，不会顺着风向弯腰，成了风打击的目标，留下内心的疼痛。

树在雨水的滚烫里，脱了层皮，依然铁一样坚硬。

尽管钉在身上的钉子，强制着树沉默，但疼痛是有声音的。

我渴望以树的形态自由生长，在阳光下变得更安静；但风在端州的每一次吹刮，如狼嚎一样对着我，使我产生不安的情绪。

一棵树在端州活了几十年，怎么会在风的打击下直不起腰？怎么会甘愿被风剃光了头，挪到新的地方而活？

树的动静，由风决定。

我的方向，由心做主！

像树一样穿越黑夜，迎接黎明的鸟鸣。

（选自《核桃源》2019年第3期）

去年夏天的花

小 睫

那些美从你的笑容中流淌出来,以色彩俘获投向你的目光,用香气灌醉走近你的呼吸。

站在风景里,你成为自己的风景。

诸多赞美之词如浮云。对于那些闪着光亮的爱,以浅浅的笑容面对,随时调整自己的姿态,保持美的正身。

没有谁问及你的来路,也没有谁询问过你的去向。

见到你的那一刻,心中有流水经过,思绪中伴着落花,红泥。

时间的流水,穿行于你的根茎。

必须学会躲过春寒反复落下的刀锋,季节突起的风沙,忍受沙粒撞击身体的声响。

秋风逼仄,身后是霜冷的悬崖,一退再退,影子抱紧泥土。

被一场比一场的凉追逐着,渐行渐远。终有一天,凛冽走进万物。笑容化作一泓平静的秋水。

意念中的你,依然绽放于夏天的枝头。

冬天飞舞着的雪花,恍如我的前生,你的今世。

(选自《北海日报》2019年8月20日)

飞鸟与鱼

张 筱

飞鸟

沿着桃花溪水,追逐在你身后的浪花上。鱼儿呀,你要往哪里去?我只是祈求着,武陵江上的打渔人空手而归。

鱼

有个影子,一直在高处,尾随着我。一直用叫声为我示警。

其实我认识你的,鸟儿。你用你的性命几次保护了我,只可惜此生不能与你在天空比翼。

鸟儿

我听到了你的心声。这簇簇浪花的击打乐,是你对我的示意,只是我的多情,面对这茫茫大海的凶险,又是多么微不足道。

鱼

你不该追随着我的流浪,鸟儿呀,你的世界在山林,那里才是你的归宿,才有你的爱情。

鸟儿

我明白,我们不是同类生物,你的世界不是我的世界,你的生活不是我的生活。但是,我愿意追随着你,守望着你。

鱼

听见了,我听见了你叫声中的情谊。可是我不能回应,更无法应允。你应该去寻找你真正的幸福,获得真正的爱情。

鸟儿呀,感谢你的陪伴,就让我以自己全部的力量,纵身一跃,向你辞别吧。

吻别

鸟儿在鱼跃出水面时,它俯冲下来,闪电般的给鱼一个轻吻。

鱼在这足以融化时光的一吻中,又落入水中,它含着泪潜入海底,一直游啊游。

鸟儿在茫茫的大海中,不断鸣叫着,到处在寻找鱼儿的身影。它就这样叫着叫着,消失在一场风暴中。

鱼儿,从那石破天惊的一吻之后,也再也没有露出水面。

(选自《陇南》2019年第4期)

退潮时分

程绿叶

是季风卷走了潮水,还是浪花来个华丽的转身?

海鸥带着疑问,绕着蓝色的海岸和天空,飞旋,上升,降落。其实,真正的答案在浪花的思想里。

一个人的沙滩,褪去高跟鞋的伪装,赤脚压出的大地,才是最踏实的生活。飞不高的天空,跌倒时,也不会太痛。

被命运丢弃的海贝,正在蓄积力量,以最大的隐忍,求生。它知道,挺过去,就是机遇。否极泰来,自是一次潮涌。

岸,眼里的航标,却在回声里忘了自己。望着退去的潮水,孤芳自赏,不可一世。如果没有海,何来岸?没有潮水,何来回声?岸,并不懂得这些。也许,海并不乐意与你遥相呼应,只缘命定的相逢,此生有过的一次交集。那就好好演完这场心知肚明的戏吧。

山不转,水在转。

岸的高度,并不是站在观望的顶点。指引,和接纳,才是灵魂的高度。

不知道是天低了下来,还是燕子飞得更高了?

我和影子粗壮起来。风,撩起长发,黑乌乌的云,自由地舒卷。潮的热情漫过了心中的那片沙滩,与我一起推倒红尘。浪花似雪,飞溅着时光的愉悦。

退潮时分,才能真正的看清眼前的事物穿透的本质,我倍加珍惜手心里的沙子。

这一盏前世的灯,照着今生的潮水。此起,彼伏。

(选自《清明》2019年增刊)

阳光打在金子上

徐澄泉

一锭金子从天而降。

我被砸得眼冒金花,在梦中,误把银色之月看成金色之月,独举金樽,邀月共饮。

今晨起床,阳光洒在窗沿上,厚厚一叠。

我以为,那些日积月累的灰尘,都是金子小小的心,牢记的时间的历史。

高高兴兴出门去。

根据民间说法:踩狗屎,行好运。狗屎如金。

沉默也是金子。我把期盼埋在心底里。

……想着想着,一粒鸟鸣,正好滴在我的耳朵上。犹如阳光打在金子上,金子进入阳光里——

叮当作响。

(选自《新时代散文诗》2019年创刊号)

去年夏天的花(外一章)

陈波来

是细碎的,但过于飘忽……

需要一朵花率领一座花园歌唱。

还有热烈与黏稠……对于听唱的人,只有灼烫得令他迷乱的夏天才是夏天。只有灼烫,持之以隐秘的燃烧及其似曾相识。

开在眼前的花才用于祭献。

只有去年夏天的花,用于枯萎、遗忘和消失。

我想起来,那时我们十指相扣,变得灼烫之前最先攥住的,是彼此的冰凉,与落寞人世的水流花开,一样。

七月,闪电冰冷

火焰炙烤着七月。旧闻与新事被暗中的火舌所搬弄,忽明忽亮的溃烂……不只是漏出实话的嘴角、某种写在大地上的底线与边缘。七月的舔舐与伤害无处不在。污浊和虚妄进入血液,进入稚嫩奔跑的脚步。肉身选择从越来越高的医院楼顶跳下。对于仰望星空太久的人,闪电带来彻底的坠落、弥合、雷爆之后的暗哑,以及一丝用胸肋才可以确知的震颤。哦,只有闪电。

我认定这个七月格外灼烫,只有闪电在咆哮的天空中锻打,在炽热的大海中淬火。我认定闪电是冰冷的,虽然闪电从七月中来,有着火焰最炽烈的蓝色。

我认定灼烫与冰冷的,同样会瞬息即逝。

(选自《诗潮》2019年第9期)

一些细小的事物

曼 畅

树的影子像梦。几粒细碎的阳光夹在中间,散落着一些幻象

时间就坐在对面,能说出一只鸟从展翅到飞翔的距离吗?柳烟旧了,收拢,折叠,而光阴平静,时间并未崩析

季节在花红之外,远景和近景皆在暗处沉积,重复并不重要,河对岸有人结婚,一些落寞在旧时光里描述着,几只蚂蚁爬上去,便安静许多

或许应该轻描淡写,人往高处走,些许风尘和花朵一块跌落,季节腐朽,渐渐忘记桃杏杨花的姿势

然后心如止水

(选自《大沽河》2019 年第 3 期)

兄弟一样的向日葵放歌大漠

王信国

兄弟一样的向日葵,白天是撑起的一面伞,夜晚是一盏明亮的灯。

兄弟一样的向日葵,任劳任怨。一春一秋,不负约期,与土地相约。艺术的造型,让空阔的大漠歌舞升平。素朴的兄弟,用满面春风演绎五谷滋养万物的风华。

这是我挺胸抬头的兄弟。这是我心灵升腾光芒的兄弟。

在五月或十月的风哨里,兄弟一样的向日葵,用流动的脉络,给大漠输入生机。给大漠披上绿装。兄弟一样的向日葵,是这个世界最动人的抒情。

放歌大漠的向日葵哟,我的一个个素朴的兄弟,血管里涌动着五千年的农事光芒。

在大漠,我是向日葵的兄弟,每晚梦见金灿灿的果实,在大漠飞翔。

(选自《散文诗世界》2019 年第 10 期)

蜻蜓谣(节选)

任俊国

1

裁剪月光为翅,切割晨风而起。

月光是幸运的,她看见水虿爬上稻叶羽化成蜻蜓。

常常,我停在一只水虿壳前,想象蜻蜓羽化过程。蜻蜓是幸运和幸福的,一生中有95%的时间在童年度过。在短暂的成年时期,也使命光荣,不在消灭敌人,就在消灭敌人的路上,直到生命的最后。

而周围,狂饮植物血液的蝉,狂嚣不止。

在苍老的阳光下,蝉以透明的翅扇动惊慌,而蜻蜓以透明的翅展开从容。

蜻蜓,是人间沉默的战士,血液里流着高贵和斗志。

很多敌人的幼虫潜伏在水里,比如水蝇、孑孓、摇蚊。于是蜻蜓点水,把使命投进水里——孕育水虿,以水下潜艇的方式继续追捕并消灭敌人。

这些水域和土地都是祖国的疆域,蜻蜓的血液里流着守土的责任。

2

阳光在稻穗上沉淀。

一只蜻蜓缓缓飞过稻田,对阳光和稻子非常满意。它知道,面对如此瓷实的稔熟,所有虫害已成强弩之末。

徜徉的风,让稻粒碰响稻粒,让阳光碰响阳光,让蜻蜓的复眼捕捉它们的喜悦。蜻蜓在风中滑翔一小会儿,然后飞走了。面对众多的感谢,它领情,但不陶醉。

就在飞出稻田之前,蜻蜓在一穗瘪谷前绕行三匝,因一只螟蛾的漏网而深深自责。

再一次回到荷塘,蜻蜓静静地立在一只荷箭上收听未来的天气,并总结这一季的工作,然后决定多产一次卵,把"总结"写在水面上。

蜻蜓点水,是生命延续,更是使命嘱托。

3

一只蜻蜓,飞过嘉陵江。

我的脸在夕阳下瞬间红遍了整条大江——蜻蜓用它的复眼拍摄下我童年裸泳的过程——那么多角度啊。

蜻蜓也拍摄过太阳的裸泳,拍摄过鲤鱼的裸泳,拍摄过白云的裸泳。还拍摄过一条偷偷脱缆的小木船在漩涡里的欢叫。

幸亏,蜻蜓不说三道四。

江风依然清澈,没有流言传递。

——忘了说的是,蜻蜓的复眼只是为了让世界变得更加真实。

4

很多蜻蜓战士,莫名牺牲在蜘蛛网上。

童年,总是正义的伸张者,总要举起竹笊篱解救蜻蜓。事实上,蜘蛛网极具粘性,蜻蜓即便解救下来,因翅上粘满了蛛丝很难重新飞入阳光。亦或解救下来的蜻蜓已被蜘蛛注入毒汁。

便有一个小小的蜻冢隆起。那朵小小的野花,一直守着一个战士的灵魂。

向晚,清风如歌。

(选自《菲律宾商报》2019年3月15日)

把深藏不露的心事说与骆驼

李　萍

西行的风是决堤的爱，遇见一群骆驼，沙设的局。

我不是旁观者，我也不是当局者，我是记忆遗落的一粒尘埃。遇见骆驼是情理之中的事。

骆驼不野，耳标提醒路人它的身份，漫漫风沙和荒野不是唯一的归宿。

擦肩的眺望总是擦肩，索性跟着一峰骆驼，仔细记录骆驼刺热恋的冬天。

"我只是一不小心把你下载到了我心里，没想到却无法删除。"

我无法删除与一峰骆驼的对视和叮叮的空旷，我的目光被一次次地劫掠时，刺骨的风变得温情，一些诗句词不达意涂鸦遇见。

我的灵感变得自私，跟着走走停停。盐碱地、骆驼刺、沙丘，还有一条冰河纷纷阻挡风的过往。

心依偎在阳光下，透彻往事。

让风，让深藏不露的心事，与一峰骆驼及我的感伤，揉入山河的记忆。然后与逆流的烟火一起分割遇见。

我把这些年默念了近乎十万次的六字真言快递给天空，并十指相扣，以寒冬的相逢避开错觉。

我如何抹去那些回忆？我知道我不好。

叮当，叮当。驼铃开启的旅途，想念下雪的守候围炉夜话。

明明是万里晴空，我的思绪抛锚到夜话，突然的突然里，听雪代理了想念也签收了怀念。

涉世未深的乡愁，烟熏火燎我的黑眼圈里淡出的朴素与爱。

爱就爱了，疼也爱着。

一峰骆驼走近我，模拟你停留的姿势后，叮当远去。

回忆也开始蔓延疼痛,直到我匍匐在地直到我呼吸急促直到我休克,桂花的芬芳从西南方向漫过来,淹没心事。

于是,我选择沉默,从一场疼痛中醒来,用深藏不露言说深藏不露。

(选自《广安文艺》2019年第2期)

二里头

韩 冰

我喜欢这城池,这空气中弥漫着风雨的栅栏,微风中暗淡的曙色,和流动在指尖若有若无的香甜。一两声嘶鸣从古老的枝叶间跌落下来。一双翅膀在高高的云端隐现。

曾经城墙上击打中破碎的声音,零星浸入城落城的地下。

遗落的光斑,穿过沉重的喘息,穿过长长的草原,穿过潜行的白鹭的翅膀,穿过消失的船只。

顷刻间,点燃城堡所有的灯。

它藏起了锋利的兵戈,静静地隐匿在清澈的河流之上,沿着淡蓝色的光攀爬上我的双眸。

路旁高高的梧桐树,收纳着散去又聚拢的繁华。却毫不在意河流之上的一切。它引领远古到当下的走向,引领叶片的朝向和流水的漩涡。

引领匆匆的脚步和出穗的高粱,引领船桨破浪就像铁蹄铮铮踏万里、金戈铁马再出征发出的呐喊。

袅袅升起的炊烟,深深浅浅地涂抹着村庄四季变幻的颜色。我们的目光从城池的上空划过,叮叮咚咚,心跳声比魔法的城堡更空旷。

它引导我们一步一步走进深厚、辽远的城堡——一座虚怀若谷的疗养院,一个得到了皇冠和鲜花、归来的英雄。

(选自《中原》2019年第1期)

春 兰（外一章）

邱春兰

你在春天里，我也在春天里。如此。不说春晚，也不说"风住尘香花已尽，日晚倦梳头"。
……从世事的第一场花开，
归还所有远方，
你若向静默中借风刀霜剑，
整个春天你都要朴素成长；然后自由端庄。
时光于你，你被放逐到我季节的轮回。
时光于我，我被生命用光阴雕刻成你的名字。

风 兰

风兰知道风是有影子的，她相信风弦弹唱"来如春梦几多时，去似朝云无觅处"。
……
兰词中的风兰，被称为仙草。风兰暗藏。
兰的云和风；风兰的风，只吹向一个方向。
风兰舍弃以茶凉言尽为记的一种来日方长。
在这捕风的世间，风有讯，鸟繁越，
日光之下，风意消减、聚散无恙。

（选自《常青藤》诗刊 2019 年 6 月）

自然边缘

应文浩

城郊河滩地,野生的草木在接受金光洗礼。没有太多的动作。只是微微侧身。没有掩饰,像一个反力本能地回应着一个力。

戴鸭舌帽的老汉和不远处一位扎头巾的妇女,采着同一种蒿子头。

"卖,还是干什么用?"

"自己吃。"

他的笑没洒过药水,像眼前的不够光洁的植物。

沿河边一条白土小路上,头发泛着银亮的老汉,在踩踏晒干了的牛粪。

"这是干什么?"

"踩碎了装回去松地,像沉久了,需要站着起来。"

前方,一位垂钓者,朝我笑了一下。像他养的那几只鱼不时地朝他笑出亮光。

而闯进自然里的我,像一座移来的雕像,它长久地思考"人生即痛苦和无聊"的问题,看起来是多么的可笑。

(选自《星星·散文诗》2019年第4期)

尘与土

杨建虎

偶尔回村庄,我都要走向那面向阳的山坡,看即将消失的窑洞,越来越瘦小的河流,以及袅袅升起的炊烟。

偶尔,也会听到一些老人不断离去的消息。在尘与土之间,生命的来到和离去,于时光深处往返、轮回。漫无边际的黄土地上,生长着庄稼和树木,也孕育着生命的成长和告别。

一个人走在乡村的黄土路上,让我感到亲切、温暖。

我多愿这样一次次地回归和漫游。想在一个飘着大雪的下午和亲人们一起守着旺旺的炉火,听母亲讲那些发生在村庄里的老故事。再听听院子里的牛哞、鸡鸣、狗吠、羊咩,一同构成村庄简单的交响。

多愿这样一次次回归于村庄的河流和黄昏,回归于尘与土弥漫的土地和家园!

(选自《朔方》2019 年第 6 期)

往北飞行的诗句转往南飞

叶枫林

我爱春天细小的滑轮。

镶上不再坠落的松叶,就擦出风铃的叮当。

沿着隐形公路,一直追上可以用来回忆的药引。

依靠野山茶,婆婆丁,使一行往北飞行的诗句,转往南飞。

我爱夏天呷呷哑哑的蛙鸣。

提着灯笼在更阔大的作物的影子里呼叫,犹如摇响货郎的拨浪鼓。

预备的蜻蜓和大雁,即将飞过金色指尖。

我爱秋天嗦嗦而落的寂寞。

握紧一杯茶,就像锁住一枚红枫叶。

天空远了,泥土才显得年轻。

被雨放牧过的大河,鱼水依旧清澈。

一株吹低的茅草,复制并还原落霞的直立。

我爱冬天冰块悬挂的秘密。

作为驱逐寒冷的代名词,棉花、稻草驱动月亮飞舞。

陪伴着雪,去镇守一个春天撒娇的进程。

(选自《未来》2019年第3期)

线装的大地

龙小龙

谁，来抚平它的折痕？

除非，你是盘古，你是女娲，你是那个再造时间的神。

而事实上，你不是。

你若力道不均，若手法不当，你便促成了大地硬生生的断裂，让尚未痊愈的刀斧之疼，雪上加霜。

失重的叶子，禁不起风吹。

骨折声，比雷霆干脆。

谁，去纠正那些延续多年的误读？

似乎一旦悟透了黄金屋和颜如玉的道理，显贵与尊荣便唾手可得。

人们一次次将它体内的肋骨抽取出来，做成生命的权杖。

左一挥，欢声震撼，右一挥，众生匍匐。

为什么，有限的、不可再生的资源，总被看成取之不竭的源泉？

在这个秋天，我眼里的大地分明快被掏空了。就像我的身体，我的领地在向角落深处退缩，直至若有若无，任由形形色色的目光穿来穿去。

多么渴望拥有一次划时代的、铭心刻骨的审视与挑剔啊！

我的宽容与豁达，究竟是谁自由的通途？

我的空旷与虚无，究竟是谁理想的圣境？

在我的影子里，藏着与生俱来的苦涩与悲壮，就像一些生僻字，可以忽略不计。

（选自《散文诗》2019 第 7 期）

椰子树下的大海和人

唐鸿南

其实,月亮湾的海,也是海南的海。

但这里的海和椰树,无需互相点头哈腰,甚至低下头来,亲密交谈。

海水,可以从椰树的根底往上爬,追到椰果的内心里去。

海水融化成了椰水,被海的言语描摹得有香有色。甜蜜蜜的果汁,叫人垂涎。

让我没想到的是,这里还有说着闽方言的渔人,他们熟悉大海,大海也听懂他们说的话。

他们的船和网,只要跑进大海的心脏,大海就会和他们的心情一样,心中跳满了欢呼和欢乐。

(选自《湛江科技报》2019年6月21日)

更深的雨夜

堆 雪

我还想把自己躲藏得更深。在深夜,在雨里。

在那些灯火捕捉不到的,孤独角落。

雨夜的深处,我想把自己变得更灰暗、更喑哑些。

光怪陆离的现实,在雨中已经融为一体。那些欲言又止的窗棂,还在梦中对号入座。

此时,你无须知道我身处何地?淅沥的雨夜,一条路已经变成仅有的船只,等待泅渡远去的歌声。

当尘埃逐渐成为所有往事的外衣,我渴望一场暴雨的莅临。我期待,这个绵长的雨季我在你的心里,至今下落不明。

夜深了,细雨还在纠缠我的灵魂。它柔软的手指,叫我战栗。它湿热的发丝,令我伤心。我想抱住雨中的一棵大树,顺势流下不为人知的热泪。

更深的雨夜,麦田和楼群比肩拔节,灯火与星辰联袂私奔。

在返回命运的路上,我由此而窃喜,也因它而失语。

(选自《青岛文学》2019 年第 8 期)

大海是我最亲的亲人

乐 冰

1

如果梦有颜色,我的梦就是蓝色的。
大海像一条蓝色的床单,我的梦躺在床单上,睡得很香很甜。
梦总会有醒来的时候,但醒来的方式不一样。
有人的梦是被惊醒的。
而我的梦是被海风吹醒的。
海风含有盐。
所以,我的梦有盐提供营养。
我想给我的梦穿上跑步鞋,让它跑起来更有力量。
我还想让我的梦,长出一双敏感的耳朵。
让它分分秒秒都能听到海的声音。

2

倘若我有罪,请把我流放到一座荒岛上。
我要在此建一座教堂。
我将用无尽的海水洗刷我的罪孽。
我说的话肯定会算数,就像我脚下的海滩,不可能被海风吹走。
没有人能挽留得住我,我的决心已定。
如果你们要送我什么物品,那就送我一只水瓢吧。
我将每天用它舀水,清洁身体。
我活一天,就会损伤一天。
我只能反复冲刷身体,才能让生命伸展、延续。

3

青草是地球的绿衣裳。大海是地球的蓝裙子。

地球每天都在旋转,就像跳着幸福的舞蹈。

我想,如果地球没有给它穿漂亮的衣裳,它会不会生气,不给我们跳舞呢?

站在大海边,我用爱编织的童话。

我不想老去,我还有很多的梦要做。

我的身体仿佛是一棵树,长大了要成为木船,到海上航行。

海上的许多岛礁我还没有去过,我要光着脚丫,亲吻它的每一块沙滩。

(选自《散文诗》2019年第1期)

照片上的母亲

罗国雄

母亲站在石狮子旁,她的身后是大佛寺。门口匾额上书:"大江东去,佛法西来。"与我,大姐、侄女和竹背篓组成一帧往事。二十七年前的某个下午,被照相机锁定。

但凡有光线从旁边闪过,进出寺庙的人影,便显得飘忽不定,仿佛照片上的光阴是可疑的。母亲走了以后,眼见它们已和天光一道,慢慢地褪色,进入黄昏的虚无和荒凉中。

但也只是泛黄,无须擦拭。爱得这样洁净,甚至一无所有。一张清凉的脸,吸附了家乡眉山奔流而来的岷江,替她爱着儿孙们生活的乐山,且随时准备清洗,我们眼睛里情感的淤泥。

照片是一片天空的某个角落,瞬间与永恒都来自那个温暖的注视。珍藏它,不是为了能回到过去,而是为能看见我唯一活着的母亲!

凌云山呵,你真有安放落日的灵宝塔,为何不能挽留那一年的春风?我们曾经多么沉醉,空气中还飘着白玉兰的淡淡清芬,山下篦子街某小饭馆的一个酒杯上,还留有母亲,悄悄咬过生活的痕迹。

(选自《散文诗》青年版2019年第5期)

江水辞

杨 东

江水清洌。流转千古的波涛不动声色。

倒影里的事物变幻着陪伴流水,一开始甘于平静,后来突然有了直抒胸臆的冲动。

一只白鹭凌空而来,刹那间驱赶了山水之间的寂静。

江水澎湃。河道被规整出新模样。被掩埋的岁月若隐若现。

时间最深处,所有的旧事物,都有未曾淹没的底线。

复苏的风景正试图坦呈所有的隐秘。

江水时常被两岸青山和沿途的灯火改变色彩。

它避开挽留的手指,一路向东,只留下失踪的一小部分,在弯曲的滩涂和回水处漩转。

它一直在等待另一个季节的出没。

有人的内心平静,有人的内心汹涌,还有的人等待着涸泽而鱼。

江水愈向东,眼底愈迷茫,仿佛一条江的流逝,会慢慢闯碎一颗沧桑的浪子心。

而暗流恰恰在深处潜伏。奔腾的沙石,腐烂的草木,沉于深渊的鱼群。

比苦难更接近虚妄。比疼痛更接近死亡。

而一颗心,随着一叶扁舟,穿过重重铁桥,那么小,几近于虚无。

(选自《贡嘎山》2019年第6期)

在陕北高原

东方惠

以朝圣的姿态,拜谒宝塔。宝塔的高度,和一个伟人的高度,同样超越星辰。

在陕北高原,一个小米饭养大的红色政权,站成西北大地最美的风景。手中的钢枪,在八角帽的衬托下,更硬更亮,亮成八路军战士坚硬的脊梁。

瓦窑堡的枪声,青化砭的炮声,把共产党宣言诠释得更加生动。打不烂的意志,凝成毛泽东笔下的一首首大气磅礴的诗歌。他大手一挥,把三大战役谱成了一首最雄壮的乐曲,在开国大典上重磅推出;同时推出的,还有一个苦难中站起的民族……

(选自《曲靖日报》2019年9月17日)

第六章

新的起跑线

梦境地（三章）

程 鹏

落 日

我是赤脚天使胆大心细的纵横在荒烟密布的野外，落日随着我的身形转动。

我没有上车，上帝赐予的马蹄声，远远而去。

是落日，是坠入山隘的溶金，是这些都不及我长饮的一口水。

生命和爱人，将永存我的记忆，尽管受于折磨，像封存的老酒，呃，永不存记忆，对不起，生命和爱人。

上天惩罚我孤独，就是如此。

梦无声，城头变冷，重复着历史意义的黄昏。黄昏前的我们，看着落日融入一片黄金。

城市主题上建筑物在上升，有着强大的生命力，为什么不换来一桶老酒，用这落日下的黄金。

想必都不能够，地平线下，城郭庄严，曾经的青春灿烂，换成流浪的灰色。有着线状的郁抑，也有窃喜的光明。

只是一杆芦苇和安静的白桦林，沿着坡度四周都是植物，蕨草护卫着森林，爬山虎抓住落日的余晖。

赤脚天使的今日之路，犹如进入迷宫。神秘的落日迷宫，你还好吗？

黄金般的半垂着你厌倦的白日，你要进入黑夜的乳房。

我还在为你重构着历史的黄昏。

黑夜张开洞口一下把你吸进，城市陷入教室的黑板，谁在梦中丢过来一支粉笔，这一次，落日也写进深渊，像井一样凸显，又温柔的如毛毯。

阳　光

　　阳光正好我激动得想要歌唱。

　　工业厂房被镀上金黄的衣裳，斜坡上面荒草正潦草的写着激情的燃烧。我想是燃烧，生命中不可缺少的部分。恰恰正好，我能看到的正是太阳投下的光芒。我匆匆走过，我的呼吸就被光线吸收住了，皮肤由不得敞开了，我还年少轻狂。

　　我停止在工业区的招工栏上，皮癣般的招工广告对我来说已经变成了陌生，我不再是流浪。

　　我对伸出环抱的大榕树发出金黄的微笑，它的环抱是长发披散的母亲，这样很好，在工业区的天空之下我还有母亲。

　　我只是在这里晃荡了一下，阳光那么明媚，一层一层揭开我多年来种下的阴霾，一扫而空，犹如春天。我说呢，这三角梅像手指间发出的心，探出厂房，一个打工妹正在铭牌上勾了一点机油，描画她的眉。阳光正好，在工业厂房的屋顶上，这正正方方的屋顶有阳光在跳跃，像伸入大海的婴儿苹果一样跳跃。

　　继而是高速公路，在香樟树的叶与叶之间，我抓住太阳的尾巴，玩了一个上午，而层层的阴霾盔甲似的分崩离析离开了我的灵魂。我感到我的身心很轻，一下子栽入阳光的青草丛去。

　　梦不醒来，醒来已是华年。

梦境地

　　我难以穿越大漠孤烟和长河落日，也无法到杨柳岸和晓风残月，我每天都会念到这些词，一读完我发现我回到小酒馆，在大榕树下醒来，遍地风流慵懒不堪才是。我习惯——穷街陌巷。消失殆尽——落日的公园。阴暗潮湿——抱头鼠窜。我宣誓——我并不在这里。我梦境中的白象似的群山，宁静的湖水，白天鹅舒展着它的羽毛，通往这片梦境之地,还有一条地下隧道,为的是和白鲸遇见。还有连绵起伏的沙丘,还有白日梦可做。

——我在这里,并不是白日梦,也不是逃避现实——我曾把这座空山想象成马骨,这片树林想象成鱼群——我在这里租住了一间房子,用去了我毕生的想象力,我曾想它是灵魂之所——安然如素是这里的走廊通往了穷街陌巷。

昨晚,我的梦境太美好,我都不愿意醒来,醒来之后,深圳的雨下个不停。我把下巴拿到闹钟上,我梦中所见和现实所遇都不如我去图书馆。我把下巴从闹钟上拿了下来,牙齿脱落,嘴唇不分。我看见从梦境地回来的程鹏,早已习惯做梦,用木头做梦。

(选自《新时代散文诗》2019年创刊号)

宁陵散页(二章)

马东旭

登金顶阁

登高怀远,我暂且忘记了宠辱和劫数,参悟草木。地球是身体,是身体的一部分。是虚妄,也是虚妄的一部分。鸟在空中衔着巨大的天空飞行,它无心,可不知疲倦。

俯首我看见万亩梨花。

和雪。混淆了一谈。好像一个人无眼,无耳,无鼻,无舌,无身,无意。欲辨,真的已忘言。

耕读者在白梨花下诵着诗书,大学之道在明明德。遥想远古的范文正公,家计宁陵。是进亦忧,退亦忧。走正道的人路上也有沧桑,也可能为大水所漂。

但有白日在金顶开示,清澈的额头呈现在人类面前,散出古仁人之心的光芒。

大沙河

大沙河,被打磨的天穹之镜。

从中我望见到屋宇、金顶,丰盛的土地上万物依着自己的思绪奔腾不息。此刻,是四月的清晨。不可思议的白云真的很白,白嘞很嘞很,它是风的羽翼,还是风是它的羽翼。葛天公园里,我出没于浓密的叶簇,必然嗅到刺玫的花香。此刻怡悦,不堪持赠君。

我的山河啊。无恙。

岁月静好。

我的宁陵是一马平川，长满了喂养人类的麦田。低眉歌唱清净的河流，仰头我畅饮天空巨大。

（选自《大河报》2019年10月16日）

七月在野

雨倾城

经不起一点风声。
七月在野,十月,蟋蟀在床下叫我。
所有的路,都适合私奔。
这里安静。我要去秋天定居,与芦花住一起。
去怀念,或爱一个人。
迟些睡,早些起。白云赠客,明月自照。
没事的时候,去数对岸的灯火。
心里有什么,欲出,不出。荒野四散,一座空山占据霜天。
村庄,住着永远的最亲最亲的家人,温暖和光。
终归要回到这里。拿走身上,所有的冷。
唯有这里,也只有这里。
屋前屋后走一圈,疲惫,不堪,仿佛就会遥远得世界都看不见。
到处是风。
山脉连绵,捎来一封新鲜的薄雾。
我在荒野欣赏月光。
——"仿佛前面的路全是记忆,仿佛未来就是眼前"。

(选自《星星·散文诗》2018年11月号)

楼 梯

蓝格子

是楼梯，让时间像一次谈话在一朵蓝色鸢尾花处发生转折，童年生活远去，中年就在眼前，如壮年听雨。

方言在异乡显示出尴尬和难言之隐。此刻，一个尚未返乡的人，需要坐在楼梯上抽烟以解忧愁。那些熟悉的名姓、事物，最终还是混着啤酒杯里泛起的酒花一同咽下。成堆的烟蒂不能丢在楼梯之上，楼梯是别人的，整个房间都是。

现实需要用沉默的语言说出，像泪水说出久别的故乡那样。

一座城市，之于在一片陌生领土上打转的人，是情节的又一次深入。

扭曲变得理所当然。

夏日里飙升的汗水打湿衣衫不是一个人的独创。垂直的城市建筑里，他的唇上，是一杯咖啡颤动的元音，有时是说了一半的句子。

他是谁？

他是你，是我，是他们，我们，人群中的每一个。

他有众人的孤独，像是漫长岁月里时常发出叹息。

现在，楼梯代替他，独自置身于黑暗，等待黎明到来。

像他俯身，像他的膝盖在生活深处发生缓慢弯曲，却不肯放弃自身坚硬的支撑。

（选自《扬子江诗刊》2019 年第 6 期）

海,像只蓝葡萄晃了一下

卢 静

1

三只齿轮。

一口一口血红的啮痕,三月里,投下浓重的暗影。

飞闪,一丝不安分的命令,那是一瓣淡粉色桃花吊起的大陆,缠绵的河流,环抱着刀光剑影的子宫。

也许是喃喃的呓语,覆盖漩涡的一片叶子颤栗着,正酝酿一场突如其来的风暴。

遥远的海洋,是否已掀起滔天巨浪?精卫鸟,从你的掌心,早衔走了成千上万的枯枝?

哦,八斤重呢,究竟哪一座产房,传来一声骄傲的啼哭?但你看不见四月,长出霉芽的尸,也听不见寂静。

寂静里,诗人背负的巨石与羞辱,你看不见春天奢华倾国的敌人。

三个齿轮的暗影,投入一粒寒武纪尘埃的心脏,又从狩猎者的箭矢,射入我,一个城市流浪者愈发孤独的身影。

2

喀嚓嚓,是撞破黑夜的磨坊,还是我牙齿的寒颤音?

一切,都在绞动。

舌尖的微甜,泪里的盐。

在全部回忆降临之前,渐趋铁灰色的大地,一寸寸向西部的崦嵫山游移。

如果用一根电线杆,撑起地表的三个齿轮,通向东方太平洋的电话线,将会悬挂何等蔚然壮观的风车阵?

然而午夜的天幕降下了。红的人,绿的人,蓝的人,紫的人,她们裸露丰腴的身躯,耸立温暖的乳峰,有的静静躺在碧草坡上,有的侧支着腮,偎于大雪曾覆盖的岩石上,把长发任意飘散在河面。

她们合拢了嘴,捂上最厚的口罩,依旧躲避不了飓风的唇形。

只有开成昙花。

却纵情高歌,直上苍穹,在子夜零点的风口上,以静止的姿态,凝结成旷野上的一朵花。

似乎,淡淡的血红色,妖娆却又纯净。

3

竟无一日止息吗?大风揪起鹰隼与翠鸟的啼鸣,抛向四方弥漫的水雾。

幻想粉色的浮萍下,闪过一丝缥缈的绝望。

恰似360度周天的星座,以恢宏交响乐的静默,驱动了我一扇渺小的窗,一滴,两滴,当启明星降落生命的符号,有一种恐惧,让血液,涌向生存者要逃亡的鞋。

但你追不上了,追不上新生儿的啼音,也追不上大风与火山的呼啸,在昼与夜,被揪扯成椭圆形的环内,孤独,又嵌入漂泊者的踝骨。

大雾茫茫,铺天盖地。

连一滴真实的泪,我都找不见吗?

你困于蚌吗,被两扇壳烧烤,一忽儿炎热,一忽儿寒凉。我的脾脏上一块青,一块紫,喀嚓嚓磨洗我的音调,是否通向一线天。

4

当时间隐身,只余下缓缓飞翔的蚌。

我的右心室,伸出柔软的铁轨,竟铺伸到东方天际的缺口,坠入一颗黑牙齿,天涯春草,又蔓延入西部无尽的流沙。

究竟谁能复述,那幽微中的灼热?

向左漂移，不是欧亚大陆，是苦艾释放的一缕香。倾尽我的前生，来世，午夜血红的月亮，才向上升了一点点。

大风依旧按下旅人，你从我的足骨，挖下一颗珍珠，从青藏高原长驱直下的大海，像粒蓝葡萄晃动了一下。

母亲的脸庞，才仰了一点点。

你不再追问，故乡逼仄的小巷，婴儿的塑料红浴盆上方，究竟谁在午夜黑暗的墙壁，涂鸦一首诗，烙了一幅爱的地图。

摩天大楼的阴影下，一地碎裂的顽石。抛物线要消失之地，我努力模仿一只三月的蝶，薄薄的翼，悬挂着三只金属齿轮。

（选自《新时代散文诗》2019年创刊号）

另一种语境

侯立权

1

阳光匍匐,隐忍的大地背负沉重忧伤。

言辞吞下大把大把的串连。

夜的天空碎落,山路朝向远方。瘦弱的枝叶擎着火把,翅翼般生长和跃动。

风撕破了面纱,悲歌蜿蜒。孤独的莲划不出寒夜的冷。

四野寂寥。我们祈祷,朝向圣开飞扬尘埃,破浪邀海,翅翼倾斜,避开腌臢的流风,在山林的青柳碧水间放荡游心……洁的方向,用星星点点的萤火点亮心灵的图腾。黑色的云影纷纷溃散。

沿着露珠,化开一片霓裳。洁静的世界,开出纯洁的花朵。

2

那就是大地的思绪么?

那片原野,梦是绽开的羽翅,待放的花朵早已盈满花香。

一只鹰信步雪域,激越的灵魂婉转如云,神奇的灵光海潮般在我的心尖,隆隆作响。

没有作态,只是将袖拂过。铺开天地云月,山川旷野,把一些思愁放在人世深处。

鸟语、花香、朗山、孤月,一路风尘。

山野苍茫,枯干的意念抽回凌乱的尘世,沿时间攀爬。

3

接近,再接近,心绪清亮流动,将万物释放。

你,从远古走来,又走向远方。在夜的边缘燃起篝火,曾经的欢愉与苦乐、荣辱与贵贱，在巨大的光晕中切割夜的疼痛。

你的脚步挤压我的欲望，我彷徨着将用什么方式把你留下。

我以朝圣者的虔诚，匍匐于你的足迹，追寻你的灵和美。

一点一横的连接土地，一撇一捺的种植季节，一竖一提亲近自己。

就算被晚风撞伤，也要宽慰我孤独的灵魂。

（选自《散文诗》2019年第8期）

背水女与村庄（三章）

诺布朗杰

背水女

我记得她们背的是木桶，要走好长一段山路，才背回来那么一桶水。那时候，我还小，像木桶里的水，走起路来摇摇晃晃。

尤其是冬天，她们起得特别早，甚至摸着黑。她们担心冻好的路面又被阳光搅得滑滑的。

后来，那些木桶一个个消失不见了，一双双铁桶替代了它们。她们开始担水，可是路依然没有变。

如今，她们老了。她们成了木桶里的水，也像那些一个个消失不见的木桶，正在一个个消失。

她们的一生都是水……

降 雪

那些称赞降雪的人，是没有去过山上的人——

我是回到山上，正在称赞降雪的人。在山上，我目睹过自扫门前雪的场景。

冬天麦盖三层被，来年枕着馒头睡。我是从语文教科书里找出来这句俗语的，为了称赞此次降雪。

堆雪人、打雪仗、滑雪……

一说到降雪，这些陈词滥调就铺天盖地地聚拢了。是的，那时候我喜欢雪，那时候有人给我扫雪，那时候我是在阳光下待腻了才滋生出对降雪的渴望。

飘,自上而下地飘,像一个人正在走下坡路。当然,有各式各样的比喻会横空出世。

——一个个动荡不安的灵魂正在找一个安定的位置。

——从天堂通往人间的书信。

而再恰如其分的比喻也无法给一个受冷的家丝毫温暖。

就在降雪那天,我听说庄上有好多家荒下地跑新疆摘棉花去了。棉花摘完了,可是老板没付工钱就跑了。

早 晨

早晨是复制的黄昏。

我让一只循规蹈矩的闹钟守在我枕边吵着嚷着,练习早早地醒来。

喜欢早晨的人和喜欢黄昏的人有区别吗?我从混沌的睡眠中发出质问。安静,我听到巨大的安静在我周围汹涌。这是被闹钟唤醒的早晨唯一有颜色的安静,唯有这有颜色的安静里,才能盛下我内心五彩缤纷的声音。

我早该醒来,像珍惜黄昏一样,珍惜这一串串系在身负使命的闹钟身上的早晨。

(选自《新时代散文诗》2019年创刊号)

玉米契（外一章）

冰　彬

不拖欠岁月，许诺一个永远年轻时的模样。

什么都不再找借口，额头上沟沟壑壑，银丝霸占黑发的领土。

黯淡双眼，扶不直彼此的佝偻。

双腿沉重如老路，迈不动他乡与故乡。

掌心时光流动，仍一再紧紧握住誓约。

我聆听你微笑的声音，美好到每一粒太阳，正从她的夏季日渐饱满。

排骨玉米汤

生活也许就是一碗排骨玉米汤，一双筷子和一碗热腾腾的合唱。

不管你选择在哪个村庄，或在哪个街道落脚，不管你如何选择四面八方，奔跑到哪个方向？

夹杂着爱的熟悉味道，思绪的炊烟无数次从心中升起。

在梦中蛰伏，又在现实的清晨，被你发现和选择了打包。

不管明天还有多远，每一次我翻开不同的菜单，总会选择同样的一碗排骨玉米汤。

（选自《开心作文》2019年7月号）

雪地柳

敬 笃

这些年,乌鸦越来越多,树越来越少。

冬天裸露的大地,除了沉默,也不知该如何言语?

几棵柳树在雪地里并立,那是几座孤独的坟茔,在强颜欢笑。

数不清的枝杈和三座乌鸦的房子,与天空对视,聆听来自自然的旨意。

风起,雪落,改变了的世界———一切如常。

三两只鸟雀的对话,驱赶了岁月的寒,而失落的尘埃,在太阳的关照下,逃散。

柳条晃动,雪坠地,这飘摇的命,是北方时间的最好确证。

寒鸦归来,裹在翅膀下的行李箱,藏着生的无奈,也藏着历史的无情。

我们活在当下,以前的人和未来的人,都会在不同的柳树上寄命。

(选自《散文诗世界》2019年第11期)

拯 救

庞 娟

雷声。闪电。神送给黑暗的另外一种生存方式。

一道血脉，让谁，重新审视自我？

黑夜。

大地的肚腹抽搐，颤抖着躯体。

痉挛的树叶簌簌落下，掩埋夜晚的伤口。

白光聚成一团，旋转到眼睛里，像一只可爱的兔子尾巴。抓不住。

窗外，什么在奔跑？

某物。何物。小轿车，大货车，公交车，摩托车，街灯，风声，落叶，哭声……

天空紧紧咬紧牙关。

雷声的头颅，高过楼顶。

在天空和树顶之间，燃烧。

我什么也没有听懂。

虚无的呐喊，扔下响亮的词语。什么也没有带走。

但在人间的回声，持续好久。

雨来了，黑夜动荡不安，化妆的黎明消失。

（选自《湖州晚报.散文诗月刊》2019年第6期）

山巅听风

南鸿子

去一个地方安静地听风。

在高楼遮住风口的年代，寻找听风的地方，需要勇气。需要在时空的邃道来一阵逃跑，穿越钢筋水泥，从人流和车流里游出，才能找到泥土和风口。

寻找风口，就是穿越山林，让时光慢慢退步，让生命抵达山巅。

山顶有一座塔。登顶俯瞰，城市是一堆乱码，乱码的背面是一抹毫无章法的色彩，我始终看不见自己藏于哪一堆乱码之中。

风，说来就来。无声地走进你的思想，像刀锋，捅破一层紧绷的外壳，流出红色的词汇。风最好的功能就是风化，所有的沉默、情绪、梦想，包括凌羽，终将作一次飞花。

风最耐听的是细语，零零碎碎，在耳鼓敲打出音乐，填满心靶上的黑洞。风的张力在身体里扩散成疆，蚕食一般，占据一座城。

风只不过是一种通感修辞而已。你听到的声音是一张图画，水墨或者写意，抑或夸张的漫画，总之不是一种牵强的临摹，最终都有一种宏大的归宿，归于大自然的宁静与形迹。

风是一种解药，可以缓解心灵的阵痛。风吹拂一下，伤口就会愈合一寸。风可以胡乱地吹，吹走的是痛，吹散的是愁，留下来的，是清醒，或沉醉。

风可以扬起一场沙，也可以化作一粒尘。临风望月，月光和风都泻下来的时候，你的眼里可以停放一粒沙，发现渺小如此美妙，一切牵绊皆如尘埃。

（选自《散文诗》2019年第6期）

空茫之境

风　荷

梅朵开在别处，稻禾在远方的田亩里。

去看水，未见柳骨依偎。去探井，水浅，养不了一枚瘦弱的月亮。去登山，怪石嶙峋，陡峭和悬崖紧绷着脸孔。

枯黄，灰暗。神在高处休憩，不管人间繁杂琐碎。

一月空茫。大地是一张废弃的旧纸，驿站和古道写满孤独。水墨还在地下，不曾发芽；太阳还在冬天徘徊，像苦行僧。

一切隐形的，有形的，不曾在乐谱里抱紧古筝与琵琶，不曾在灵魂里种上桃李与明月。

空茫负载墓地，梦境是祈愿的温床吗。唯有等——

等时光幡然醒悟，等经冬之物剥去身上的锈迹，清洗杖痕。等蛰虫起身，等流水把一朵云种在怀里。

抱紧一月的人，需要耐心。等流水绕过老墙而去。

就会看见春天骨头的深处，冒出绿色的火焰。

（选自《散文诗世界》2019年第 8 期 ）

贺兰山下：石嘴山的几个意象或关键词

康湘民

一

贺兰山走到这里突然想说话了。它一张口，就吐出一大片冲积平原。

它用的最多的词是无烟煤、硅石、粘土、湖泊和森林。农业是一个新意象，立体地悬挂于宁夏灌区。

新兴城市的灵感在躁动，它要喧响和刷新的历史如身体里的寓言、马兰花的芬芳，随黄河之水飘荡开去——扇面的光，徐徐射出远方。远方是一面铜镜，映出了一些轻灵和凝重。

九月天空明朗。长河落日再次打磨出一个王朝的背影。一缕孤烟在大漠有了永恒归属。

马蹄疾。大草原能托住越来越重的人间烟火，那达慕的歌声始终是雄性的。河流丰沛。家园辽阔。风烟俱净。

二

沙湖无门，风可以自由出入。船上的人用鸟鸣呼吸。举头，便可见昨夜星星。

白云与青荷睡在水里——它们不语，它们要把你典当的快乐统统归还。

作为沙湖的代言人，苍鹭其实有着最简单的快乐。它们在芦苇丛中腾空而起，像膨胀的秋风，不断击打沙漠边缘。它们飞，轻松地，又将越过一天好时光。

把黄和绿绝妙地搭配，是沙湖的另一种修辞。

有人用沙子雕塑着下午的闲适。这些用松散凝成的巨大事物，坐下来，面朝远方，安身立命。孩子们细小的声音在身影下涌出汁液，所有的沙子仿佛都携足了阳光、月辉、灵感和钙质。我相信，岁月一旦完成轮回，造物主必将赐予它们一个不死的灵魂。

蒹葭苍苍，摇曳湖水深处的传说。它们相拥着交谈，抱成一个个独立王国。面对突然而至的访客，时刻准备着，交出体内干净的美。

三

有绿色的发音分蘖。

在塞北，这些绿防风固沙、美化家园，用足够的饱满和绽放向岁月致意。那些挂在树冠上的传说翻涌，跌宕，深深浅浅的阳光于群峰之上舞成了鲜活章节。

石嘴山森林公园，你会看见更多的鸟从草甸上走出来，像赶赴一场仪式，共鸣日月里的韶华。而城市的腰身里，行道树像大雁列队齐飞。草坪是深入春天必经的渡口，对面的秋海棠、金光菊、百合花和薰衣草，九点钟的开放没有栅栏。

风跃出树梢。风的体内灌满畅想。这波浪，这芬芳之物，它们手指上藏有一条干净的小路。

童音清亮，把天空涂得湛蓝。

现在，你可以赞美，带着春天的河流与一座森林城市达成时代共识。如果重新勾勒风华，我们抵达的花园将是五月深处的宁静。

四

风声。

千年历史在贺兰山的岩石上瘦成了线条。游人须仰望，用祈祷和祝福才能打开岩画里生活的细节。

依稀看见：那一天太阳始终不落，季节执拗地漫上手掌，游牧人、草木、走兽和飞禽都在目光里化成了线条。他们刻下来，岩石上升腾着光。

山河盈盈一握。所有事物在笔画上不绝地起伏。彼时，贺兰山映照了一群人的寂寞和狂欢。这灵感，这坦露，没有一丝根须低于人间尘埃。

彼时，他们留住了光阴。

拨开蒙昧之云，最初的艺术唤醒了内心的诗意之花。手指上拢起的火焰已经全部为后世拥有，狩猎的号子从未顺着雨水跌落。

现在，我们站在这里，阳光不熄，风一直在吹——

（选自《散文诗》青年版 2019 年 12 期）

横溪,人间的美叠加一卷澄明灵秀的江南盛景

赵洪亮

山水横溪。

水线发散,分割贯穿的美学,成为时常在水岸凝视的范本。

我翻阅《水经注》查询《诗经》,册页里流动的朝气,以古老的方式水秀江山。

置身横溪,阳光的羽毛,落在蟠龙湖万千桃花的额头,我看见光阴抚摸过的湖面泛着慈悲的光芒。

是哦,光阴日渐肥美,蟠龙湖的荷叶,青莲,浮萍正把一首诗碧绿色的词举过天空。

是的,时间开始斑斓,水面浮起云朵,藏不住的鸟鸣在树林里弹来弹去,人间的美,叠加一幅澄明灵秀的江南盛景。

是的。臂弯里的田园正与光阴谈美,从清丽婉约的背景里,松开几只白鸟优雅的翅膀斜入天际。

是的,三月的上游就在石塘竹海。

脱去雨衣的绿风,到处是闪光的新词,落在九龙湖的阳光和荡漾织就的一匹锦缎披在竹海诗意的肩头。

山水安详,皈依一处澄明的秘境,柳枝垂钓时间的耐心,竹和竹中间隔着安静的坐姿。

手捧月光的人走了,我相信茶山和竹海,松涛,半轮明月属于石塘竹海得意的部分。

至于稻花飘香的湖畔,土地松软,脚步亲近这金黄的粮食,一不小心成了画笔下躲闪不开的稻穗。

在水岸,意象叠加着人间绝美的盛景,稻田里,弯腰拾起的幸福,在秋风的抚摸中翻滚着浪花。

一片斜阳,紫霞仿若蝴蝶读瘦的一阕词,隐身于花苞。

芦花在橘子味的黄昏里修行,我分不清湖水和四只瓢虫的走向,惊艳于油画中亭亭玉立般的美丽,初开的紫红,盛开的絮白,随风摇曳在夕阳中,像一群群赶往深秋的舞者浩荡起伏。

（选自《乡村诗歌》2019年第9期）

爬 山

缪立士

我确信已经到达山腰,四面高山把我包围。

我比一棵青草渺小,比一块石头更孤单。

风渐渐地吹干我身上的汗水。

片刻的停顿,让我重新拥有力量,心跳也渐渐趋向均匀。

但同行伙伴的身影,已经难以见到。

他们有的因为畏惧艰难,悄悄地转过山崖,烟一样飘走;有的只管向着山顶不停地攀爬,爬入了云雾中,与我拉开了远远的距离。

我不知道何时能到达山顶,向上的道路纷纷竖立起来。

(选自《散文诗》2019 年第 4 期)

蒲公英(外一章)

王宏雷

一旦落地生根,就把一生交给了他乡。

河滩上,一柱擎天。不是为了顶天立地,只为翘首远方,分辨着来时的路。

花葶已老。经得住风雨,经不住月光。

原地不动,依旧漂泊。一边扎根,一边打点行囊。

等风。

脚下大地的身影,也跟家乡一样,无声地驮着金堤河,驮着青草和牛羊,驮着城市和村庄,驮着自己大半生的蹉跎时光。

驮着一茬茬麦浪,陪着自己一起成熟,一起衰老,一起寻找。

落日,橘红色的背影里,蒲公英低下了头。不再是沉重的乡愁,而是一种叩拜,叩拜异乡——这位从无怨言的后母。

麦 子

麦粒还在襁褓里,就成了孤儿。它们用自己的长大,再现母亲的模样。

每一棵,每一株,摇曳千姿,长得都那么不同,又都那么相似。

相似。在尘埃之上,涌荡着绿汪汪的海洋。

海洋。匆匆干涸,灌满一颗颗新生的籽粒。

籽粒。被一种干枯,苍老地托举在最高处的阳光里。

实在举不动了,

又该收割了。

(选自《中国魂·散文诗》2019年第2期)

骨头里的钟声（二章）

潘云贵

谛 听

细雪霏霏，大地是一只巨鸟，站立的树木是坚硬的羽毛。一尘不染的寂静透过每寸空气都有形状，大小不一，像岛屿，像梅花。

牛羊在雪地的远方，彼此贴脸，簇拥，温暖的春天在冬天诞生。闪耀的铁蹄伏在屋子的边沿，碗口的热气努力舒展着自己。人们不再轻易挪动日子，只搬运自己，向炉火旺盛的房间靠近。

该怎样形容这样的安宁，庄严，肃穆，纯真，高尚，又接近空白，仿佛神的呼吸，细微，无处不在。

一定有人在谛听。

松鼠的耳朵。种子的耳朵。婴儿的耳朵。在时间的缝隙中，它们张开，生长成更为繁茂的听觉。生命律动的声响，匍匐着爬过每一扇坚硬的门扉。

童年时逃跑的雪人，回来时已经瘦了一圈，躺在窗外已经走不动的老时钟上。时间在这冬天不值一提，很慢，很轻，经不起我书柜里一只过冬老鼠的咳嗽。

父亲的江山

所有的鸟都早早撤离冬日的村庄，飞往远方，向温暖驻扎。

每一棵梨树的衣钵此时都被冷风抽光，它们像穷人站在寒冬里，除了自己，一无所有。我的父亲站在十二月的低温里，与它们同类。面对村口工地上一张房地产的巨幅广告，他双手握紧皱巴巴的纹路，像地窖里的卷心菜抱紧自己。

他曾经以为自己能够主宰大地,一亩三分地是他秀丽的江山,玉米、大豆和高粱是朴实的臣民。他跟过路的风雨结为兄弟,将自己的名字耕植进每一片泥土中,不急着看它们有所结果,只守着它们慢慢生长,慢慢结出真实与未来。

但卡车、物价、挖土机、欲望是拒绝这种慢的。钢筋水泥成为新的庄稼,在田野上生长。父亲被收走了疆土,一个人潜入孤立的池底,靠往事柔软的根须,想像鱼的生活。

贫穷永远是一道被忽略的风景。

岸边仅剩不多的梨树模仿村庄里的老人,用佝偻疲倦的躯干做成琴,风拉响了他们。却无人倾听,偶尔返乡的年轻人反复清洗裤脚上的泥点。

父亲钻出水面,看见我走远了,一起走远的还有他的梨树、他的田垄、他的村庄,以及他的时间。

(选自《扬子江诗刊》2019年第6期)

塔尔寺

杨剑文

晨雾如纱。

笼罩:神秘,庄重,

也笼罩着磕长头的虔诚。

转经筒上的指纹重叠了多少层?

转。转!

墙,高耸。红与黄的色系说着广阔。

佛像端坐。

啄青稞的鸽子,也啄食我指尖的锅盔,不知道它们是否领受了神的旨意,也啄食我心头的烦、怨、躁、恨、急……

双手合十。

在一扇窗下,晨风掠过你的发丝,我看到在万丈红尘之中,我仍有最沉最重的牵挂,在敲心中不能宁静的钟!

晨雾散去。

阳光笼罩着塔尔寺。

佛号响起,宁静下来一片世界……

菩提花开的传说,在唇齿间拓印、传颂。

双手再次合十。指尖露过一点阳光,温暖远道而来的早秋。

(选自《瀚海潮》2019 芒种卷)

沿着历史的遗迹追寻

东方惠

伴着风吹草低的韵律,听一曲蒙古长调,唱蓝了天空,唱绿了草原,唱出了一个民族的

自豪与彪悍。天山脚下的木卡姆啊!舞热了维族小伙的心,唱红了维族姑娘的脸,让一个维族的文化盛宴,活了天山,美了天山。

追着张骞的脚步,踏着羌笛的韵脚,西域离我越来越近。河西走廊,戈壁黄沙,北国长城

都是我心中最美的景观。梦里的周庄!眼里的承德避暑山庄。哪一个不是我向往的天堂,哪一个不是我梦中的故乡。西番古道,乐舞歌笙,都醉卧在王翰的葡萄美酒夜光杯里缠绵。

泽遗千载的神州大地,叮当的驼铃依然在耳畔。我不问祁连今昔,古道西风,只看翻过历史册页的又一个千年。西部大开发的脚步,越来越大,越来越快,再一次拉响了汉唐风韵,五彩丝弦。中西大融合的历史与现实啊!让商机变生机,变独奏为和弦。

六朝古都、风雪祁连、大漠阳关。你要告诉我什么?其实历史的昨天并不久远,让我看到了秦俑的历史与现实,依然有说不清的痛,道不明的惨。古运河千年的泪水啊!洗刷不尽历史的屈辱,依然流淌在华夏大地,仿佛就在昨天,就在眼前。

龙兴圣地、龙兴华夏。秦皇汉武、成吉思汗。五千年的龙文化,都融进了华夏儿女血脉。妈祖信俗、西安鼓乐、侗族大歌、书法、篆刻……一席丰盛的文化大餐,让中国走向了世界

让世界融和了中国。浸泡在汗水中的五百一十八项国家和三十项世界非物质文化遗产,

形成了一部多元文化的和谐赞歌,在世界,在华夏九百六十万平方公里的大地上代代承传。

(选自《曲靖日报》2019年9月17日)

吴承恩故居

吉小吉

几只燕子在黑瓦屋顶。

另一些燕子，模仿一群乌鸦盘旋在上空。

我们走过回廊，不愿把阴暗和潮湿说出。青砖墙，裹上了些明朝苔藓，清朝尘埃，民国蚂蚁还在来来回回，还在伤心地为一个家族的陨落送行。

我和它们一样，因一部书，崇拜这里一草一木。但四百年实在太短，短到只剩"衰败"两字不忍讲出。

我们转身。离开。

天空有乌云样的哀愁缠绕，久久不散……

（选自《北海日报》2019年11月1日）

河西走廊(节选)

司 念

1

东起乌鞘岭,西至星星峡,南侧是祁连山脉,北侧是龙首山、合黎山、马鬃山,地处黄河以西,形似走廊,河西走廊特殊的地理位置注定被标注在史册。

祁连积雪融化,黑河、石羊河、疏勒河孕育了生命。狭长的咽喉地带,在青藏高原和蒙古高原中静默,骆驼踏着黄沙在烽烟里来回千年。

张骞、李陵、霍去病仗剑骑马,唐僧轻念梵文佛经,从东到西,又从西往东。车马嘶鸣,风卷云舒,他们朝前望望,以肉身、以白骨、以朽木、以经文,叙说这条路的宽阔。

此后的书本与记忆里充满无数的英雄、美人、战马和美玉、丝绸、茶叶。

戈壁杂草,千里无鸡鸣,茫茫荒漠里,分布着石窟、碑石、佛寺、雕塑,嘉峪关以延长的石砖堆起民族安定的渴望。

你不再问值不值得,品一杯葡萄酒,从夜光杯里分明听见琵琶催促上马的声音。

2

中原人传说,若永生不死,必攀昆仑山,寻找西王母。

西王母住群玉之山,《山海经·西山经》记载,"又西三百五十里,曰玉山,是西王母所居也。"郭璞注:"此山多玉石,因以名云。《穆天子传》谓之群玉之山。"成块的美玉铺成瑶台,周穆王亲临瑶池,祈求仙界长生。

瑶池、瑶水、瑶木,阆苑仙葩,玉杯觥筹,娥娥佚女,游戏天庭。瑶、琼、珉、琨成永生之物被珍藏相送。

上古的神圣仙境,迷住大汉天子的心。设北道玉门,南道阳关,开河西四郡,张骞持缯帛丝玉赐乌孙、月氏。往来商旅、使团沸腾了边塞小镇。

水草丰美,牧场天然,马匹雄壮,游牧与农耕在玉液金浆里升华。

他把西王母的秘方分享给汉代的百姓,西域的客商,玉英承汉与日同光。

3

马蹄山层峦叠嶂,临松薤谷松涛起伏。终年积雪在山巅,溪水潺潺在溪谷。治学修行好去处,郭荷、郭瑀、刘昞在此读书多年。

中原血雨腥风,经三国混战,西晋短暂统一,元气大伤。匈奴、鲜卑、羯、羌、氐联合进攻洛阳、长安,"永嘉之乱"把民族推向大分裂、大混乱。

生存还是毁灭?部分世家大族渡过黄河,来到河西躲避战乱。

自此,儒风大兴。开办官学,重教化、拔贤才。他们拒绝为官,专心治学,保持自由。把儒家处事准则融进血液。郭瑀写下《春秋墨说》《孝经错纬》,河西儒学独树一帜,盛行如常。

马蹄山下,他们学习儒家经典,建造佛像石窟,儒家与佛教两大文明在河西交汇。

4

南北朝时期,佛教在河西走廊兴起。

常年战乱,人们寻找生命意义,找寻解脱方法。

鸠摩罗什来到凉州城,重新翻译佛经,还原佛教本来面目。

昙耀于祁连山东端天梯山开凿石窟,"南朝四百八十寺,多少楼台烟雨中"。五凉时期,河西石窟群相继开凿,敦煌莫高窟、玉门昌马石窟,张掖肃南文殊山千佛洞,马蹄寺石窟群,金塔寺东西二窟。

深蕴鲜明的西域和印度色彩,融合汉地元素,从这里可找到佛教进入中国的清晰线索和深刻烙印。

佛国世界的神奇景象,悬空于壁间的飞天,石窟走廊不朽的岩石赋予佛像一种接近永恒的气质。

顶礼膜拜的时代远去,千年后偶然到来的游山者感到一种超然的沉静与智慧。

(选自《星星·散文诗》2019年第10期)

沐浴秋阳的庄稼

张 雷

夜间的风说凉就凉了。
白天的热汗在夜风里凝结为晶莹的露珠。
太阳底下的庄稼,各自忙着把果实丰满。
大豆咧开嘴傻笑,大豆遇到什么喜庆事了?
高粱羞红了脸膛,高粱有什么羞于启齿的向往?
玉米捋着胡须吟咏,玉米对风花雪月情有独钟?
庄稼无忧无虑沐浴秋阳,它们的果实是粮囤即将迎娶的新娘。
沐浴光芒四射的秋阳,庄稼欢天喜地成熟着各自的梦想。

(选自《湛江科技报》2019年9月2日)

魔法笔记（节选）

游 金

很想拿起笔记下什么，默契倒是一个好词。但它是它吗？

前面，在晚十点之前的思路被打断，我本来是期望随着所想，摸到通向你的路径。你是什么呢？感触？幸福？在第三章，它似是而非，对的，孤独永远存在，尽管偶尔它仿佛不存在。

我喜欢楷体字？并把某一个或几个变成红色或蓝色？它们是密码？是隐语？是桥梁？是道长手中的拂尘？是观音瓶中的柳条？它们更有可能是一步一步的台阶。但不是向上，而是向前。

但孤独永远存在，所有的门都会关闭。字也一样会关上。像夜晚，会随着入眠而关上。于是，孤独又回来了。

孤独是审美的一部分，你不爱孤独吗，你肯定爱，像你这样的人，那是必须的。只有路边做早点的大妈，她才成天活在滋滋的煎饼在平底锅上的声音里。

也不一定，你也这样说。

你是谁？我所指，不是称谓，是范畴。

有时我们需要一座花园。

不是一定要有花的花园，也不一定要有任何植物，我们只是需要一座花园，一座表姐的花园。

我们需要一座表姐的花园，就可以坐在她花园的台阶上，读某人的信。或者沉思。我们甚至仅仅需要一个名词：花园。

如果花园有一些奇特的，我们没有见过的植物更好。或者我们并不需要这些植物，我们仅仅需要这些植物的名字：冬青树、木棉、芭蕉、榛子、菟丝草、紫萝……更或者一个沉默寡言的园丁，永远穿着白色的工作服，不打招呼，不点头示意。

表姐却是一个隐身的人物，从未出现，也就无从描述。

我们在信里这样写道：我在表姐的花园里读你的来信，天色将晚，园丁已经收拾好撒水壶，从我身边经过，晚风微微掀起他白色的工作服下襟，像欲要蜕变的蝴蝶……你的字在黄昏的花园里欲要变成另一些长翅膀的物事……这唯一的花园，我们最后的归宿。

　　是的，我们从来不知道要说什么，写的不知所云，但我们需要。需要如一座花园。

　　我们看见自己常常坐在表姐的花园的台阶上，晚风吹过，我们看见被风吹皱的欲望。

（选自《散文诗》2019年第8期）

诗意盎然在波涛汹涌间

雨 霖

一

走出城市的风景，沿途一瞥的行程，是为看那奔腾的大海和破浪的航船。

季节的激情拉开帷幕，面对海浪的起落，情不自禁想张开双臂，迎上去拥抱，扑上去呐喊。

来到海边便有一行行诗句刻在心壁，胸襟豁然打开，足以包容整个蓝天。

笑容与喜悦如音符跳跃，阳光爬上我的眉目之间。

二

不止一次用梦幻的笔描绘想象的场景，那排排激昂的浪涛，在海风里肆无忌惮。

海浪强劲的舞姿，忽而铿锵热烈，忽而轻盈柔曼。

大海如诗如画，白浪滔天，不似姹紫嫣红竞相绽放，却如新枝初展如花的笑颜。

三

风暴来临，悄无声息，惊心动魄的风云际会，上演在金色的沙滩。

风卷巨浪咆哮而来，怒吼、翻滚，猛烈撞击着岩石，拍打着堤岸。

该以怎样的心境走进你呢，最初的文字总在美化背景的平静无澜。

疾驰而来的海浪，发出狮吼似的低鸣，排山倒海般一波波袭来，我在巨浪滚滚中凌波起舞，心中感悟大海的丰富内涵。

四

风吹浪花接连不断,它们一层层从远处荡来,那高高的浪头似一座座山,万仞峭壁,屹立巍然,又如万马奔腾,以迅雷之势冲上沙滩,再款款似朵朵白云退回海面。

站在海浪中间,一次次挺立坚持,感受如人生般的潮起潮落,不顾溅湿的红色裙衫。

五

绚丽过后的寂寞破译了不眠之夜,爱的主题走不出最后的情感。

鸥鸟的低吟难分难舍,心旷神怡的海风温馨扑面。

曲折起伏的沙滩飘逸而浪漫,自然的挑战,成就了诗歌的爱恋与思念。

(选自"中国散文诗研究中心"公众号 2019 年 10 月 29 日)

梦乡里的羊群

荆卓然

中国剪纸里的吉祥图案,成群结队在山坡上吃草。

放羊的张二孩,伟人视察江山一样,双手叉着后腰,检阅着自己的三军部队。

我当然还是两三岁时的模样,拉着爷爷的手,看羊群吃掉青草后,长成白云的形状。

自从拆迁离开故乡,我总是梦见这样的镜头。而家乡的羊群已经远离了我的故乡,它们无法啃食那些坚硬的水泥路面。已经城市化的父老乡亲的耳朵,也不愿意听到它们那呼朋唤友的咩咩的乡音。

现在,羊群或许已经失去了故乡。我的梦乡,或许是它们最后的家园。

为了欣赏那珍贵的乡音,今夜,我想早些入睡。那样,我就可以以高铁的速度和羊群以及我的童年,实现零距离了。

原来,相思可以让人失眠,也可以为人催眠。

(选自《星星·散文诗》2019年第9期)

星空下的海

棠棣

星空下的海,让磷光舞动水韵。

当生命的烟火升腾成绚丽的霞,我们就打开了生命奥义的大门。

阳光照亮的地方,路一直在。路是没有尽头的,如阳光。

在路上,我们写下风,写下风过之后的冷。

深情的雪地,把自己描绘成蓝色的精灵。雪融后的阳光里,浮满鸟语和春天的暧昧。

终有一天,夜会一直黑下去。在那一天到来之前,我们要解开内心最大的结,让秘密飞翔在阳光里,让一朵花永远留在春天,留在灯影摇曳的夜。

当我们把生活的重转化成生命的轻,然后再轻,成一缕升腾的烟,尘世间便不再解码幻象。

我们的名字,或许偶尔还有人提及。终究,我们将模糊成月光下的磷,或者风中的一个音符。

在光与影的权衡中行走,我们身后,是土地的黄与流水的低。

(选自《新时代散文诗》2019年创刊号)

熙春山,你历史耳熟能详

张 威

开始,是冥寂和清冷。

尘世的事,无为而为。孤寂,有游丝般的呼吸。我走在路上,历史耳熟能详。

在越王台,我邂逅一个身着臃肿羽绒服的女子,她的神情,有着迷离的忧伤,借暮霭沉沉的反光,让我过目不忘。两边的石仲翁被八角枫掩遮,却仍然与往常一样固执傲慢。

沉默也会诞生火焰。周遭,一地落叶,无人扫。而此刻,风雨亭,没有风雨,有花将开的气息。

道阻且长。一定是这样的:赶路的人还没有回来,他可能被暮色,留在了远方。

我迎着寒风的刀子,一直走到体育广场。一些健身的人,绕着广场的塑胶跑道转圈圈。那些沉落于时间深处的落寞,也一层层经过了他们。

熙春山,一座公园在城市腹地,是我们的福祉。每一次回眸的前因,是我们都有的各自归途。

一座山的旁白,成全了我们,有枝可依。

(选自《武夷》2019年第5期)

祁连山的回响

扎西尼玛

祁连山，一条故事和深情绵延而成的山脉。

总有回响，叩击我的胸膛。

我在山之北麓的河西走廊，静静地眺望。每座高峻的山峰，都是一位刚毅的卫士，并肩屹立，身躯化作翠绿的屏障，降伏戈壁荒漠上风沙的翻腾。

经过我身旁的石羊河，古老的河道把凝重化为轻盈，清凉的冰雪融水。时而歌唱那些丰满纯洁的白云，时而低吟那只独来独往的黑鹰。

天籁之音，——柔软之躯不停地奔涌，穿越坚硬石峡，敞怀拥抱平坦大野，滋养村庄周围的绿洲沃土。

历史的脚步在我的心田行走，这里是大国梦起的地方。西汉伊始，开列四郡，铺陈丝路，救赎了纷乱的西部边陲，此后的关隘在寂静中守护远方。

悠悠党河浇灌敦煌，莫高窟蕴藏精彩的文明。

我所望见的一弯残月，犹如锋利的马刀。那一年啊，蜿蜒的红血，一路向西，战马嘶叫，狂雪呼啸。悲壮征程，播洒黎明的希冀与曙光，凝固成祁连山深处永恒的丰碑。

长鬃垂颈的白马，带我来到雪山谷地。这世间，即便是遥远的群山，也会怀揣美好的心情，用一棵棵松柏的枝桠，向我伸出绿色的手臂；用一声声鸟鸣的乐音，为我送上温馨的祝福。

在这幽深的高山谷地，听，所有的草木都跟随着我，沙沙地走动。

祁连山，披覆绿浪的巨灵。

总有回响，在我的梦中荡漾！

（选自《星星·散文诗》2019年第12期）

低头弯腰的人

荒原狼

一

麦浪吹风,刮伤虫鸣。

低头弯腰的人,汗珠亲近土地,风干的布衫有碱土泛白的味道。

阳光凛冽。

鸟群掠过麦垛和杨树的阴影。低头弯腰的人,他们虔诚、安详,镰刀上祈祷丰年蜿蜒,岁月掀起他们皱纹里的伤。

黑血,仿佛一队逃难的蚂蚁用魂灵抱紧麦芒。

暖壶里装有凉气,深井里的水放了糖精。

日子和汗水,经过勾兑就会变甜,就是那些低头弯腰的人,最想要的装满卷圆的舒心,鞋底拍打鞋底溅起的满足,淡蓝色的烟圈,牙白色的笑。

土块一样结实的人,用手背擦去脸上乌云的眼泪。抓起刀柄,远处的麦田是他的疆场。

二

低头弯腰的人,继续低头弯腰。

土地深处的田鼠,又分娩数只小老鼠。光溜溜的小身子多美,没睁开眼睛就会用鼻子寻找乳房,这和人类何其相像。

而神多么逍遥,常隐身花瓣之间,借蜜蜂的腿飞翔,在白蝴蝶的翅膀上蹭出金黄。

奔跑在收割后的麦茬之上,我的黑布鞋往往被划伤。

蚂蚱,蜻蜓,母亲的骂,父亲扬起的巴掌。

疼,陷蔽一切事物。仿佛童年,不是铺天盖地的嚎哭,而是浓浓郁郁洒落一身的阳光。

三

置身水稗草、马齿苋、灰灰菜和泥土混合成的味道里。

祖母挪着小脚,拎着热腾腾的油饼和蘸酱菜,拐出杨树林,走下羊肠小道。

很多年过去了,乌鸦搭起的房子还在,羊啃过的土坡仍在吐绿。

祖母,挪着小脚,一直向麦地走去,却不曾到达。

就这样,收割后的麦田又长出大片的雨水。

沿着阳光生长,跟着风歌唱,即使沮丧脸也要面朝东方。

隆起的祖坟。

粮食。血缘。农补。贷款。常常炊烟里镀亮。

三十瓦的村庄,砖红的婚房,一瞬间,水碗里孵出一只月亮。

四

月光铺路。白天刨开的坑,晚间自动修平,就像伤口,上不上药都会愈合。

拄着青草走出麦地的影子,飘忽的双腿多么空虚,时光的尽头是宿命的归处。

麦穗儿怀着秋天,喜哥的脸让活着镀亮子嗣。

当女人从药片中起身,冷却的月亮碰倒了水杯的叹息。夜在夜里填空,水在水里卑微,妥协,沉沦。

五

绝望,早就被我用蛙鸣清洗干净。祖先的骨头,在族谱,收获,和庙宇之外蒸腾。

苦难没有化解,麦穗继续沉重。从乌鸦嘴里喊出来的神调,一代代肥沃脚下的黑土地。

天堂没有门槛。

活着的人局促,葱笼。而我,只把痛楚磨了又磨……磨了又磨。

(选自《草堂》诗刊 2019 年第 7 期)

仲夏雨夜过艺术馆

杨云天

七点,手中的雕塑未完成。街边大厦因前夜的酒醉,未能在傍晚拉下最后一缕夜幕,或是猖狂的人类用霓虹与玫瑰悄悄威胁?俘虏这堕落的黑暗。而没有完成任务的人,像我。总会受到雨夜责罚。

百叶窗吝啬地透光,人还剩下半身,黏土已凝结成块。只能遗弃,也可重新粉碎、锻打这坚硬、简易、冷漠,始终仅有一个表情的残缺躯体。沉默,艺术的塑造者和艺术,面对不完美命运的既定,都只得沉默。

如同把守城市每一扇窗的少年,像史诗里的年轻盗匪埋伏在梧桐树林,密谈首次高昂的突袭。等候他们的,却总是破碎的高脚杯和刺骨的夜风舔舐。每一个比喻,都只会是古老文字的衰落。

黄昏无处可归,化作一只长尾松鼠从钥匙孔钻进家门,盘踞于灯上冒充残存的光。所有人都假装一位等待晚餐和末班公交的绅士,进入家门的却只有得体的钥匙。无事,我也只爱听血管里的那轻轻的上锁声。

雨中啜泣的城市,石头在黑夜里酝酿。建筑群即一座岑寂墓园,埋葬的,亮灯稀疏的,是刻着青春和远方的墓志铭。被淋湿的,只有高墙上被圈养的背影。放逐,只有我的雕塑和默默行走的我能终获自由。

无数房间构筑的巨大落地窗,床头的一面雕花古镜,储藏每个黎明与深夜。却收集不了手中的伞滴落的,仲夏阴雨。黑暗,又使这夜晚和阒然更加迟缓。每一处踏向黑暗的脚印,暧昧的脚注,都会是一场雨。

城市的风都有骨架,今夜与天空皆工巧。

而我,希望做个原始人。

躲藏在黑暗的洞穴和夜,用彩色颜料融化成小提琴的弦,再以珍珠的名义嵌入贝壳,放进雨夜的中心。

熔炼!

如同艺术馆崭新的大门,面对这松松垮垮的世界。

(选自《散文诗》2019 年第 6 期)

寻梦必克

李朝阳

循着千年的梦而来,我在必克的满腔热情里写诗。

拦路的是酒吗?怎么醉了我却还在欢笑。

迷人的是歌吗?我却听到了一个民族最诚挚的问候。

一切都从有阳光的冬日开始,所有的激越和感动,都灵动在这片原始的绿色里。

彩色的服饰和原生态的温暖,在长头巾的包裹中,把一朵静美的文化开放在一个民族的发梢。

于是,所有的诗情穿过山峦,穿过河流,穿过黔山秀水,抵达一个叫必克的村庄。

以歌表情达意的民族是布依族,以米酒敬客的人民是朴素的布依人。

竹楼石板缀起的山寨,铜鼓舞和刷把舞,荡漾着幸福的步点,好花红和三滴水串连起每个晨夕的激动与欢悦。

我就这样悄声而来,陶醉的不是我听不懂的祝福,而是一个民族火红的热情在血液的流动。

我就这样走进了这个山寨,轻柔的呼吸,不会惊醒透明的石板路和竹篱笆,轻轻的步履,绝不踩痛木窗边那些飞扬的歌声和笑脸。

我将把生命搁浅在这依山傍水的宁静之处,这里是我贮存爱情的山水文件夹,那些关于梦的呓语和呢喃,都会在我的生命硬盘里,为一个叫必克的山寨,链接起无数多情的向往。

(选自《毕节晚报》2019年12月5日)

古寨的定义

黄 鹏

想举起这金黄而耀眼的太阳,永不停歇地奔劳于这片广袤而悠远的土地之上。

我所遭遇的这些明月与清风,在夜色合拢前,如果不是它们悄无声息地将我带走并置于世居的山洞,就是我茫然地对着一身伤口,再次在宛若象背的村庄被它们的光亮和辉煌所灼伤。

我曾一次次地经历并抗议——如今,有关良善的定义,已经含混着废墟。

面对物象的飞速流转,那些曾经稚嫩的草叶和花瓣被簇拥上台,对着变幻莫测的审美者,展现出他们悲哀的成熟之美。

从远处到来的观光者,请承认——你们终归要回到繁华。像村落归于她往昔的平淡和宁静,你们像从高处流下来的风,带不走这里的任何一只鸟鸣或虫唱。

无意中推门而入的人子,如果你虔诚,请关闭房门。

一场简朴的洗礼过后,请留下守在洞穴里的、单纯的眼睛,别让他们的主子在脑海里浮动着那些不眠不休的都市,近而怀揣着羡慕与新奇蹒跚出门,将瘦削而凄凉的背影,迷失于城市的中心。

(选自《扬子江诗刊》2019年第6期)

石头里的老虎

田凌云

你用断掉的尾巴冲向我,用灰色的空洞的眼。用你的生命,一种让我下沉的危险物质。用你身边石头的小孩,他垂地的手,伸向你的焚烧。用我惶恐的脚趾……

风是判官,我们用沉默画押。

我们静静地待在一起,彼此分割,沉静的万物令我们感到喧闹。

扔出去,把我们的思想,从我们的身体。

扔到一朵饱满的樱花上,只有它能承受住我们的沉重。

承受春天的过度深情,带来的疲惫和眷恋。

(选自《扬子江诗刊》2019年第4期)

阵痛日

希 文

五月将至。刀疤和羊水互相回应。

你手里讨的是理想,身上穿的是生活,删了的是,短了一截的烧菜的味道。糯米味的童年。天真与经验之歌。解乏的猜枚划拳。大片大片的肥膘肉起义。

除了蜷缩一方,你再别无所动。

姥姥,月光长长,长到出租屋里。人生流离失所的,不止重量,还有情欲。我想在空谷深处开一家酒馆,挂一尊菩萨,备薄荷三两,喜鹊几只,方言一套。

有人会在那生活,有人将句子的网撒向绿林,搅动云的轨迹,唤你跟前听诗。有人旧情绵绵,只放六字大明咒,跟你,跟每一个来客交换巨大的白昼。

这家店,兜起来。明净。定是我年少时我们一起开的玩笑话。

"施施然旁观爱恨,渺渺兮放慢流年。"

姥姥,流星再眨眼。一指禅和刀斧气已落在此处。

花舞藏身,叶落月桥,神迹在昭示着。你最好的投资是生下妈妈,最久的磨难却是照顾巨婴般无知,蝗灾般啃噬的我。

我,想你没睡。我想,你也没睡。今晚,请将耳朵借我——

我还是榕城夜里,最落泪生花的盗贼,刚东渡归来,正护拥甜蜜的向往,重新发明自己。

(选自《扬子江诗刊》2019 年第 4 期)

反复回荡的照片

须 弥

它诞生于一个瞬间。"咔嚓"一声,人和物的形象就附在了感光纸上。就像一个魔术的完成。照片上的事物滑入时间之外,它长年不老,她青春永驻,他不会死亡。衰老的,只是相纸。时间在其边缘处烙下印记。

房间里只有自己,但你总觉得有另一个人在看着。这个人或是曾经的你——你的孤单之影,或是你的父亲、母亲,甚至是没听说过的祖先。他躲在一张照片上。照片装在一个相框中。而相框,摆在你的生活中。

这照片挂在墙上,与空气较量,反复感受着钟摆的呼吸;它斜立在桌面,与书、笔、纸一起,安静地看着你。它是一个夏日的午后,装着一种失落,一种警醒,连系着一种难以言说的欲望。你的影子站在另一个空间中,神情低落,述说着一个悲观主义者的未来故事。

它并不是它自身。附在它身上的,是一些难以抹去的魂。无论是正向着巅峰迈进,还是已跌入低谷,它都作为生活的一部分,紧紧地跟盯着你。一个清除不掉的胎记,一段偶尔发作的神经幻觉,一种反复回荡的未来之音。

(选自《扬子江诗刊》2019年第2期)

土豆之命

宇 剑

恍若,是前世。一颗土豆落入我的命门。

让我领取平凡的二维码——土的箴言。

外省的友人常说我一日三餐离不开土豆、马铃薯和洋芋。

这些词汇是我苦命的兄弟,是贫穷的代名词,是生活的粮食,也是上帝的馈赠,丰富了我的灵魂和味蕾。

我麻木地活了二十六年。

在农村,我木讷如同一块带疤的土豆;在城市,我平淡如一盆乏味的土豆汤;在路上,我喋喋不休如烤焦的土豆片。

我像一个词语一样,站立在现实与理想之间。

愈来愈狭窄。

我抗拒、颤栗、彷徨。

我信奉的宗教是落叶归根。

是这样:一辆从农村开往城市的火车,轰鸣声不绝,我在内心里置换出另一个平凡的自己,去往远方——

(选自《扬子江诗刊》2019年第2期)

一棵行走山林的树（外一章）

朱旭东

行走山林，我从不携带语言和修辞。

我的本来面目是一棵树，身上的叶子正在参与搬运时光的浩大工程。

措手不及，没有一幅地图预先指引。

我误入云与雾的纠葛之中，身上沾满了荒诞和离奇。

一条绑在群山之间的小路，长着一张无辜的脸，绑住了我。有些紧，勒得人喘不过气来。

我不得不妥协，砍掉从此多余的枝叶，我得像这时节的阳光般瘦下来。

比我早到几十年的草木比我不幸，霜雪之前就得隐姓埋名。

与它们的春风抑或夏雨无缘，我们无法朝天空一起欣欣向荣。

我遇见了枯萎，在蓝天白云间泛黄，被冷风吹落时我曾停住脚步。

捡一叠秋光，仔细观察旧时光中翻找不到的瑟缩，以及一片一片无力抗拒的宿命。

水滴如粮

犹如鸟鸣，为这山谷发声。

一粒一粒，自山涧滚落，落入低处潭水碧绿的腹中。

食不果腹。这石潭，山谷，有饥饿的肠胃和勤劳的手。

石上苔藓，水中流云，皆是身外之物，不种植，不饲养。

当作一种精神，情绪，只在石头的头顶生长，在潭水的心中掠过。

水滴如粮。大自然种植于山谷的粮食，在季节的崖壁上灌浆，抽穗。

无需晾晒，让一双搁置世事的双手收割，归入谷仓。

喂养一颗心，足以滤掉悲苦与得失。

（选自《上海诗人》2019年第4期）

黄河的舞蹈

张玉泉

唱在黄土塬上,跳在壶口,信天游也跳,酒也跳,我的心也跳。我触摸你的灵魂,安静在呼啸的深处。

在你的围巾上的庄严里,在你的腰鼓上的血脉里,在你小妹的眼色里,我读到你的咸涩、悲壮、热情、奔流,我读到你的呼吸、羞涩、厚重、缠绵。

仰望山外的明月,我不想离你太远。我想化为红狐,沿着吕梁奔跑。看清贫的日光遗落田垄,看白杨绚烂的黄色,在大地的背影里迷失。看黄河呀!赶着匆匆的脚步,在这里幻化为飞鸟击空,拍岸而歌。激越、不朽的传奇、耳染目睹的抒情,以风为乐,地为池,在深秋的内心,开成璀璨的盆栽。

泥捏的花朵,碎裂的姿势,催生了天地的融合。

舞指,叱咤,嗔责,为我而开的梦,为我而准备的礼赞,为我准备的祖国的领空,在目光的检阅中变得豪壮。

我探寻着你的足迹,对视花茎无语。新生与覆灭,就在石的手掌间,化为天地之道。就在那些狭缝里,听水浪飞溅的信天游,等候一万年,只为了这一次狭路相逢的龙门一跃。

(选自《散文诗》青年版2019年第3期)

大暑，我窥见命运的暗门

商　野

透窗，观望。迎向风吹芭蕉的狂舞，听雨打荷叶的心字田。

紧握节气的轮盘，开启呼吸的节律，惊叹造化之鬼斧，倍觉斗转星移。

翻过上一季的春色，转至方向之司南、命运之宫门；银光闪烁的精致勺把，定格于斗指丙之上。

恰逢中伏又临大暑，暴风骤雨轮番突降，隔夜间却比小暑的性子更烈了。

曾经是几度疯狂，才造就今年的大雨连绵而磅礴。险些，让水灾夺走鲜活的生命，可依旧未能，驱散半空的持续燥热。

从家谱上学会了抹黑赶路、低调做人，一边跋涉着泥泞，一边砥砺起意志——哪管人生如山路又多么崎峻，谁知生活似沟壑还万般丛莽。

惟有手捧赤诚，每到无人的静夜，多次反躬自省，哪敢试问过上苍？

独酌对月笑乾坤，酒意半醒还半醺，再点上怀旧的油灯一盏，光线确显微弱？

穿过雷鸣与电闪之间，打着灯笼的萤火虫齐刷刷飞进来，排着整齐的队形；

突然，挤满稳固的茅屋之内；闪烁出一道道萤光，把我即将近视的眼角膜刺痛。

经年以来，我不时在精神的时空里寻索——如何才能化腐草为萤，魔法古老的甲骨文，铸就惊世的现代华章？

醉意缠绕着睡意，后半夜助燃思念，在陈年的酒壶里沸腾，还是令人辗转难眠哟。

或惊坐而起,或侧卧而听,又见大雨声一阵紧似一阵,直下个不停……

整夏一直飘落在栖居的远山里,飘落于故乡的大平原,飘落进生命的海洋中;依然飘落、飘落我惊悸不已的梦境。

噢!或许早已冥冥注定,如能逢上不期而遇的佳缘或宏途;

泥塑的渺小身躯呀,才配领略荷塘月色的绝美,相拥风吹雨打的彩虹。

经过一季的摸索、潜行,跋涉暴风雨的暗夜、漫漫征程,随之磨砺宝剑、痛定思痛;

几番降大任的考验之后,想必才能于明朝大显身手、杀出困境?

即便是如此的诱人蓝图和艳遇,终要倾力拼搏进取,要想不负韶华,尽快设法撬开命运的暗门罢!

作为遭际涅槃的俗子,我依然笑傲江湖,宁要这一季的荷香四野——谁又愿意把最痛的遗憾再留来生?

(选自《中国魂·散文诗》2019年第2期)